声優ラジオのウラオモテ
#02 夕陽とやすみは諦めきれない？
お、おはようございます！歌種やすみです！
え、まだそのキャラでいくの？
素の顔がバレているのに？

二月 公　イラスト／さばみぞれ

夕暮夕陽
ブルークラウン所属。おっとり可愛い正統派声優。「裏営業疑惑」で声優生命の危機を迎えるも、やすみに救われて活動続行を決意。
歌種やすみ
チョコブラウニー所属、清楚可愛いアイドル声優。芸歴3年目を迎えるが、オーディションになかなか受からず悩んでいる。
オモテ
ウラ
オモテ
ウラ
渡辺千佳
教室では誰とも喋らず、口を開けば超毒舌。長い前髪の奥から鋭すぎる目がのぞく根暗地味子。
佐藤由美子
メイクとつけまは絶対に欠かさない、口は悪いが義理人情に厚い生粋のギャル。

柚日咲めくる
ブルークラウン所属。
安定したトークやMC
で重宝される実力派。
仕事にストイックで、
夕陽とやすみに何やら
怒り心頭……??
桜並木乙女
トリニティ所属、花のある
容姿と確かな演技力で
ファンの心をつかむ人気
声優。やすみのお姉さん
的存在。
オモテ
ウラ
オモテ
ウラ
?
柚日咲めくる
???
桜並木乙女
優しい性格で、夕陽とやすみ
からは、オモテウラのない完
璧な先輩と思われている。で
も彼女自身は自分のウラの顔
に悩んでいるようで……?

こ、こいつ本当にあたしの
おっぱい好きだな……
身バレ対策は――変装で!?
SCENE #01

お昼用にミートソース、
冷凍用にカレーも作って……

SCENE #02 朝加家お掃除大作戦!!
番組の企画に使えるくらい
散らかってるわね

人との話し方、教えてあげようか？
はい、こんにちは、って言ってみ？
夕陽とやすみのコーコーセーラジオ！
YUHI to YASUMI no KOUKOUSEI RADIO!
──出たわ、
あなたのそういうところ、本当に嫌い。

On Air List

NOW ON AIR!! 第21回

「…………」

「…………」

「ゆ、夕陽とー」

「や、やすみのー？」

「こ、コーコーセーラジオー……」

「お、おはようございます……。ゆ、夕暮夕陽です」

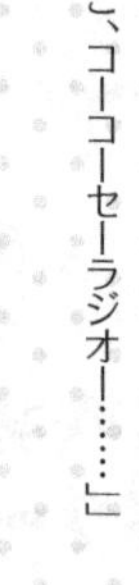
「お……、おはようございます！　歌種やすみです！」

「え、まだそのキャラでいくの？　素の顔がもうバレているのに？　メンタル強すぎるでしょう……、さすが普段から化粧しているだけあって、面の皮が厚いわね……」

「うるさいなぁ……、人のメイクを皮って言うな。どういうテンションでいけばいいか、わからないだけだっつーの」

「もう素のままいくしかないでしょう……。おほん。えー、今このラジオを聴いている方は、おそらく出張版の放送を観てくれたと思います。あのあと初めての収録です」

「そういうことでーす。まぁ、それでですね……」

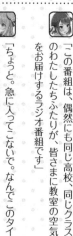

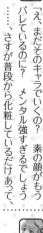

「この番組は、偶然にも同じ高校、同じクラスのわたしたちふたりが、皆さまに教室の空気をお届けするラジオ番組です」

「ちょっと。急に入ってこないで。なんでこのタイミングで挨拶挟んだ？」

夕陽とやすみのコーコーセーラジオ！

「言うの忘れてたから。なによ、どうせ大した話はしないでしょう？」

「は？　今からするんですけど？　あーあ。今の会話の入り方、まさしく会話に慣れてない人って感じだわ。素で話すってなった途端に、この有様かぁ。ラジオ向いてないんじゃない？」

「出たわ。あなたのそういうところ、本当に嫌い。あなたこそ、挨拶より自分の話を優先したがる時点でラジオ向いてないわよ。自分が自分が、って目立ちたがるのとても下品だわ」

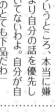

「こいつ……、言っておくけどねえ！　……なに朝加ちゃん」

「ラジオで喧嘩はやめなよ？　はぁ。ならパーソナリティ変えてくれませんか。この人以外ならだれでもいいです」

「そういうことなら、あたしだって変えてほしいですけどね！　ていうか、このラジオ24回で最終回でしょ。打ち切りよ、打ち切り。せいせいするね！」

「あら。初めて意見があったわね。わたしも最終回が待ち遠しいわ」

「……え、なに朝加ちゃん。……！　何言ってんの？　仲良くないから！」

「……おぞましいこと言わないでください。仲良くなんか、ないです。……ちょっと。出張版の話はいいでしょう……、え？　いや、だから……、あれは――」

to be continued……

オッケーです、という声が聞こえ、スタジオ内の空気が一気に緩む。

「いや、本当にご迷惑おかけしました！　申し訳ないです！」

神代監督が周りのスタッフにぺこぺこと頭を下げ、空気がさらにやわらかなものに変わっていく。

「ふぅー……」

歌種やすみこと佐藤由美子は、身体から力が抜けるのを感じた。

アイロンでゆるく巻いた髪、バチっと決めたメイク、着崩した制服。

ハートのネックレスに銀色のイヤリング。

だれがどう見てもギャルという風貌で、由美子はさっきまで生放送を行っていた。

ラジオの相方である夕暮夕陽こと渡辺千佳、彼女の汚名を晴らすためだ。

その結果、由美子と千佳は隠していたはずの姿を晒すことになった。

アイドル声優としてのキャラとは、真逆の姿だ。

ファンはどう思うだろう。

仕事はどうなるのだろう。

不安はもちろんあるけれど、今は穏やかな気持ちで満たされていた。

「声優をやめる」と涙を流していた千佳が、声優を続けると言ってくれたからだ。

由美子は隣に視線を向ける。

目が隠れるほどに伸びた前髪、小柄な身体、きっちり着込んだ制服。

暗い印象を与える容姿は、学校でいつも見ている姿だ。

彼女はスタッフと話す神代たちを見ている。

いつの間にか、彼らはブースの外に出ていた。

今、ブース内にいるのは自分たちだけ。

「あの……、佐藤」

千佳がこちらを向き、おずおずと言葉をつむぐ。

頬は赤く、目は伏せられている。視線は行ったり来たりして、落ち着かない。

髪の奥の瞳が、少し潤んでいるように感じた。

「う、うん。なに？」

冷静に返事したつもりでも、声が上擦る。

こちらの顔も赤い。千佳の顔をまともに見られず、つい視線を逸らしてしまう。

気恥ずかしい。

それもそうだ。

お互いが心の奥底にしまっていた想いを、さっきまで思う存分吐き出していたのだから。

『あたしは、まだ、あいつといっしょにラジオをやりたいよ……っ！』

『あなたがここまでしてくれたから。あんなふうに言ってくれたから。あなたは信じてくれたから……』

思い出すだけで赤面ものだ。

けれど、話したいことはある。

それはきっと、彼女も。

「あの、ね。あのね、佐藤。わたしは——」

「千佳！　事務所に連絡ってちゃんとしたかい？」

第三者の声に、ふたりの身体がぴゃっと跳ねる。

神代がブース外から、こちらに呼び掛けていた。

おろおろしながら、千佳が言葉を返す。

「ま、まだだけど……」

「それなら、早くしたほうがいい。というか、今から事務所に行こう。お父さんもいっしょに行くから」

「え、あ、う、うん……、でも」

千佳は、由美子と神代を交互に見る。

由美子は彼女の肩をぽんぽんと叩いた。

「行ってきなよ。きっとみんな心配してる」

千佳は少しだけ迷ったようだが、こくりと頷く。ブースの外に急ぎ足で向かった。

しかし、そっと振り返る。

口の動きだけで「またね」と伝えてきた。

由美子はそれに小さく手を振る。

千佳が前に向き直っても、手は上げたままだった。

あ。

慌てて手を下ろす。ごまかすように腕を擦った。

放送作家の朝加美玲が、ブース外からこちらを見ていたのだ。

けれど、彼女はふっと微笑むだけで、すぐに目を逸らす。

見て見ぬふりをしてくれたのだろう。


「…………」

ぽかぽかと温かい気持ちになりながら、由美子はブースから出る。

そして、何気なくスマホに目をやった。

テーブルに置きっぱなしだった自分のスマホが――突然、震える。

ディスプレイには『加賀崎さん』という文字。

その瞬間、温かい気持ちは完全に吹き飛び、冷や水をかけられたようになる。

慌てて、電話を取った。

「も、もしもし……」

『……………由美子。明日は休みだったな。朝イチで事務所まで来なさい』

「――やってくれたなぁ、由美子。昨日でアイドル声優・歌種やすみは死んだよ。事務所やあたしがどれだけの金と労力をお前に注いだと思う？　なぁ。それが昨日で一気にパーだ」

「はい、すみません……」

ここは芸能事務所チョコブラウニーの一室。

机と椅子くらいしかない小さな会議室で、由美子は床に正座していた。

今日は土曜日だが、由美子は制服を着ている。

しかし、今日は最低限のメイクだけで、ブラウスのボタンも外していない。スカートだって折ってない。アクセサリーの類もなしだ。

彼女から、「きちんと謝罪する格好で来い」と言われたからだ。

正座する由美子の前に、彼女は仁王立ちしている。

「お前が大事にしてきたファンも、一回きっちりリセットだろうよ。また最初から、ゼロからのスタートだ。いや、ゼロですらない。マイナスだよ。そこらの新人よりよっぽど厳しい状況に立たされているんだぞ。わかってるか？」

「わ、わかってるよ……」

「は？」

「わ、わかってます！　すみませんでした！」

彼女のサングラス越しの目が吊り上がり、由美子は慌てて謝る。

高価なジャケットにぱりっとしたブラウス、細身のパンツ。

スタイルは良く、顔立ちも凛々しくて綺麗な女性だ。メイクも品良く、嫌味がない。

彼女の名前は、加賀崎りんご。

由美子のマネージャーである。

彼女が怒っている理由は、昨夜の生放送が原因だ。

千佳が裏営業疑惑を掛けられ、由美子はその疑惑を解くために『夕陽とやすみのコーコーセーラジオ！　出張版』と称し、生放送を行った。

その中で、歌種やすみが今までキャラを作っていたこと、ファンを騙していたことを告白した。

それはつまり、アイドル声優・歌種やすみの死である。

今までついていたファンはきっといなくなったろうし、イメージだって悪くなっただろう。

当然、マネージャーの加賀崎が看過できる状況ではない。

「……由美子。お前が声優として窮地に立たされているのは当然として、同時に事務所にも多大な迷惑をかけてるんだ。それをちゃんとわかっているのか」

加賀崎が大きなため息を吐いたあと、冷ややかな声でそう言った。

由美子ははっと顔を上げる。

そうだ、それは懸念していたことだ。

「や、やっぱり、迷惑かけちゃった……、よね？」

「それはもう。お前は他事務所の問題に首を突っ込んで、引っ掻き回したんだからな。あのやり方はまずいよ。訴訟されても文句は言えないし、あたしとお前のクビが飛ぶだけで済めば御の字かな」

訴訟。クビ。その強い言葉に身が固くなる。

事務所同士の争いになれば、本当にたくさんの人に迷惑がかかる。

それは由美子の独断が原因だ。

「由美子。行くぞ」

縮こまっていると、加賀崎はポケットから何かを取り出した。

ちゃり、と音を立てるのは車のカギだ。

「今からブルークラウンまで謝罪に行く。アポは取ってるからな、今すぐだ」

加賀崎はそう言うと、さっさと部屋から出て行ってしまった。由美子は慌てて追いかける。

ブルークラウンに謝罪。

ようやく、加賀崎が「きちんと謝罪する格好で来い」と言った意味がわかった。

会社の駐車場に向かい、見慣れた加賀崎の車に乗り込む。

助手席に座ってシートベルトを締めると、加賀崎は何も言わずに車を発進させた。

普段、加賀崎の車に乗るときは、いつも楽しく話をする。

けれど、今は車内が沈黙で満たされていた。

加賀崎は険しい目で前を見つめ、まるで由美子をいないものとして扱っている。

自分がやった事の大きさを実感し、由美子はますます身を縮ませた。


ブルークラウンは声優事務所の中でも、かなりの大手だ。

都内に立派なビルを構え、抱える声優や社員も多い。

ビルの前に立つと、由美子は少し気圧された。

しかし、加賀崎はサングラスを外しながら、躊躇なく入っていく。

土曜日でも受付には社員がおり、加賀崎は慣れた様子で用件を伝える。

すると、すぐに別の社員がやってきて、由美子たちを奥に案内した。

広いエレベーターに乗り、綺麗な廊下を歩き、連れてこられた先はどうやら応接室のようだ。

部屋はそれほど大きくはなく、圧迫感を覚える。

小さなテーブルに、品のあるソファが配置されていた。

「どうも、加賀崎さん。お久しぶりですね」

しゃがれた声が聞こえ、由美子はそちらに顔を向ける。

ソファから立ち上がったのは、五十代くらいの男性だ。肩幅が広くて体格がいい。高価そうなダブルのスーツを着込んでいる。

髪はすべて白髪で、蓄えた髭も白い。

しかし、年齢を感じさせないのは厳つい顔つきのせいだろうか。

鋭い目でこちらを見据えている。

「ご無沙汰しております、嘉島社長」

「しゃ……」

加賀崎の言葉に、由美子の背筋がぴんと伸びる。

どうやら、目の前にいるのは株式会社ブルークラウンの社長らしい。

嘉島はそこで初めて由美子に気付いたように、じろりとこちらを見た。

「そちらのお嬢さんが歌種さんかな。初めまして。ブルークラウンの社長をやらせてもらっています、嘉島と申します」

「は、初めまして。チョコブラウニー所属の歌種やすみです……」

自己紹介をしたものの、それ以上は何を言えばいいかわからない。

由美子が迷っていると、加賀崎がすっと前に出た。

「嘉島社長、このたびは……」

「いや、そういうのはいいんですよ。まずは座ってもらえますか」

加賀崎の謝罪をぴしゃりと止めた。そのキツい態度に、由美子はびくりとする。

一方、加賀崎は気にした素振りは見せず、「失礼します」とソファに腰を下ろした。

由美子も隣に座る。

嘉島はゆっくりと腰かけた。

手を組んで、ぐぐっと前のめりになると、由美子たちに睨めつけるような目を向ける。

「――うちの大事な商品の話をしましょうか。夕暮夕陽のことです。いやぁ、本当に。余計なことをしてくれましたよ。あの裏営業疑惑は確かに問題でした。しかし知っての通り、あれは事実無根。こちらも対応の準備を進めていたんですよ」

夕暮夕陽の裏営業疑惑。

夕暮夕陽が神代監督の新作、『幻影機兵ファントム』の主演に大抜擢されたあと、彼女たちが抱き合っている写真が出回った。

様々な関係を邪推される、大変なスキャンダルだ。

しかし、ふたを開ければ神代と夕陽は親子であり、キャスト選びにも不正はなかった。

一切問題はなかったのである。

「然るべきところで説明し、きちんと誤解を解くつもりでした。夕暮夕陽の身元が割れ、プライベートな姿を撮影されたことも、どうとでもなりました。本来なら、何の問題もなくアイドル声優を続けられる予定だったんですよ。それなのに……」

嘉島は手で顔を覆い、頭を振る。

その話を聞いて、冷や汗が流れた。

やはり事務所側はそのつもりだったらしい。

夕暮夕陽——渡辺千佳は由美子の行動を肯定したが、それとこれとは話が別だ。

ブルークラウンは、アイドル声優・夕暮夕陽を殺したのは歌種やすみだと思っている。

そして、それは間違いでも大げさでもない。

由美子が余計なことをしなければ、夕陽はアイドル声優を続けられたはずだ。

「ほ、本当にすみませんでした……」

由美子はおそるおそる頭を下げる。

すると、加賀崎が由美子の頭をぐっと押し込み、彼女自身も深々と頭を垂れた。

「大変申し訳ありませんでした」

ふたりの謝罪に対し、嘉島は鼻を鳴らす。

「謝られてもね。それで昨日がなかったことになるなら、いくらでも謝ってもらうんですが」

道理だと思う。由美子が何を言ったところで時間は戻らない。結果は変わらない。

かといって、謝罪しない理由にはならない。

重苦しい空気が場を支配する。由美子はぎゅっとこぶしを握った。自責の念と、嘉島の重圧によって、身体が思うように動かない。泥の中に潜ったようだ。

嘉島は再び鼻を鳴らすと、どうでもよさそうにソファにもたれかかった。

「何にせよ、あんたらの事務所のせいで、うちの夕暮夕陽は使い物にならなくなった。まったく……。どうしてくれるんだ、と言いたいところですが、別に何もできんのでしょうな」

……彼の言動や態度に、何か思わないでもない。

しかし、由美子にできるのはとにかく謝ることだけだ。

「……周りの迷惑を顧みず、軽率な行動をしたと思います。考えが足りていませんでした。反省しております。大変申し訳ありませんでした」

由美子は再び、深々と頭を下げた。心からの謝罪だ。

嘉島はぎろりとした目を由美子に向け、前のめりになる。

声のトーンを落とし、ゆっくりとした口調で言う。

「――歌種さん。私はね、失敗に最も必要なのは後悔だと思うんですよ。失敗を悔いる気持ちが次の失敗を防ぐ。悔いて悔いて学ぶからこそ、そこに意味が生じる。後悔を伴わないのなら、失敗に価値はない。わかりますか」

「は、はい」

「あなたはきちんと、後悔していますか。自分がやったことを。悔いて悔いて、もう二度とあんなことはしない、と心の底から悔いてくれないと、被害にあった私は安心できないんですよ」

彼の言う通りだと思う。

ブルークラウンは看過できない問題を起こされた。ここで頭を下げられても、後々同じような問題を起こされたら堪らない。

だから、ここで由美子が言う言葉は決まっている。

社長を安心させることを言わなければならない。

そうして口を開こうとして――、昨日の出来事が脳裏に浮かんだ。

千佳のために動いたことを、自分はきちんと後悔できているだろうか。

あんなことやらなければよかった、と思っているだろうか。

それは――。

「――後悔は、していません。申し訳ないとは思います。反省もしております。けれど、あたしはあの行動を悔いてはいません。後悔だけはしちゃいけないんです。渡辺のために行動したこと、あれだけは間違いじゃなかったと思っています。たとえ時間が巻き戻っても、きっとあたしは同じことを繰り返す。それだけは、譲っちゃダメなんです」

先ほどまでガチガチだったのに、その言葉はすらすらと流れ出た。

途中で、あぁ言ってしまった、とそれこそ後悔したけれど、今更引っ込めることもできなかった。

怖くて加賀崎の顔は見られない。

呆れているだろうか、怒っているだろうか。

謝罪に来ておいて、「でもわたしは間違っていません」と言っているのだから、とんでもないことだ。

けれど、どうしても後悔という言葉を使いたくなかった。

「――あのねぇ」

案の定、嘉島は不愉快そうに眉をひそめた。

声には怒りが宿り、わずかに震えている。

膝をとんとん、と指で叩き、そうしてから顔を真っ赤にさせた。

テーブルに拳をどん、と叩きつける。

「恥を知れよ、小娘ッ！　お前は自分で何を言っているか、わかっているのかッ⁉　自分の立場をわかっているのかッ⁉　あぁふざけるなよ、バカもやしゅみやしゅみ――！」

……噛んだ。

この状況でだいぶアレな噛み方をして、言葉が止まる。いたたまれない空気が充満する。

嘉島は鬼のような形相で固まっていた。

あぁどうすればいいんだろう。

同じく固まった由美子が顔を引きつらせていると――、

「ぶふっ！」

嘉島が吹き出した。

その場で腹を抱えて大笑いし始める。

あまりのことに壊れてしまったのだろうか……。

この状況での爆笑はかなり怖い。由美子は戦慄したまま動けない。

嘉島はひとしきり笑ったあと、涙を拭きとりながら口を開いた。

「いやぁごめん、加賀崎さん。我慢できなかった。ひどい噛み方しちゃったよ」

「いえ、社長。十分です。すみません、こんなことに付き合わせて」

そんな不可解なやりとりが、ふたりの間で交わされた。

重苦しい空気が霧散していく。

嘉島が纏っていた厳めしい雰囲気が消え、顔つきは柔和なものに変わる。まるで別人だ。

嘉島はよっこいせ、と立ち上がった。

「客人に茶も出さずに失礼したね。えー、加賀崎さんはコーヒーだよね。歌種さんは？　ジュース？　紅茶？　何がいい？」

「え、あ……、いえ、あたしも、コーヒーで……？」

「おー、大人だねえ」

嘉島は部屋の扉を開けて、廊下に顔だけを出す。

「ごめーん、だれか飲み物持ってきてくれるー？　コーヒーみっつ！　大丈夫？　ありがとー」

よく通る声を廊下に響かせたあと、嘉島は鼻歌まじりで戻ってきた。

「――え。どういうこと」

呆然と呟く。ひとり状況についていけない。

何が起こっているのか、さっぱりわからなかった。

混乱している由美子に、嘉島はにこにこと答える。

「なに、加賀崎さんの親心だよ」

「社長」

嘉島の言葉に、加賀崎は口を曲げる。

嘉島は肩を竦めて黙り込んだので、加賀崎がため息まじりで続けた。

「お前の謝罪は単なるけじめだ。ブルークラウンさんとの話し合いは既に済んでる」

「え、そうなの⁉　いつ⁉」

「昨日のうちに決まってるだろ。お前がやらかしてすぐ、うちの社長といっしょに頭下げに来たんだよ」

「え、えー……、そうだったんだ……」

どうやら、大人たちはとっくに動いていたらしい。

その抜け目のなさに、社会人としての経験の差を感じる。

しかし、そうなると疑問が生じた。さっきまでの深刻な空気はなんだったのだろう。

それに関しては、嘉島がおかしそうに教えてくれた。

「うちとチョコブラウニーさんだったから、穏便に片付いたけどね。あんなふうに揉めることは十分にあり得たんだよ。歌種さんは、それくらいのことをした。加賀崎さんは、身を以てそれを知ってほしかったんだよ」

由美子は加賀崎を見る。彼女はゆっくりと頷いた。

「そういうことだ。今回はたまたま上手くいっただけ。事のでかさを実感してもらうために、嘉島社長に無理言って芝居を打ってもらったんだ。社長、本当にありがとうございました」

「いえいえ。加賀崎さんに頼まれたらね。それに、上の人間は怒るのが仕事みたいなもんだから――っと」

ドアがノックされ、嘉島が立ち上がる。

トレイを持った社員が顔を出し、嘉島はお礼を言いながらトレイを受け取った。

「社長、あたしが」「いやいや、いいから」というやりとりのあと、嘉島はコーヒーカップをテーブルに並べる。

コーヒーの香りが鼻をくすぐる。

嘉島も加賀崎もカップに手を伸ばしたので、由美子も遠慮なく頂くことにした。

温度は程よく、品のある苦みが口を満たす。

そこで、ほーっと息を吐いた。

「あー……、よかった……、めっちゃ怖かった……。よかったー……」

安堵の息を漏らす。ずっと緊張でガチガチだった身体から、ようやく力が抜けた。

怖かった。

嘉島も加賀崎も、この状況も。

加賀崎の思惑である『身を以て知る』はきちんと成功している。

嘉島は苦笑いを浮かべ、申し訳なさそうに頭をかいた。

「乱暴なことを言って悪かったね。そして、僕からもひとつ。気を引き締めようとした加賀崎さんには申し訳ないんだけど、歌種さんにひとつお伝えしたいことがあります」

嘉島はそんな前置きをすると、膝の上に手を乗せる。

そして、その場で深々と頭を下げた。

「――歌種やすみさん。夕暮さんの手を取ってくれて、ありがとう」

「――ちょ、ちょちょちょ、なんですか⁉」

思わぬ行動に慌てる。

大人に、しかもこんな偉い人に頭を下げられるなんて。

嘉島はゆっくりと顔を上げると、微笑みを浮かべた。

「さっき言ったことはまるきり嘘ってわけじゃなくてね。夕暮さんが問題なく復帰できるよう、準備を進めていたのは本当だ。けどね、正直僕はもう諦めていたんだ」

彼は手を組むと、とうとうと続ける。

「夕暮さんは転んだ。そんな彼女に僕たちができることは、せいぜい道を整えることくらいだ。彼女自身が立ち上がり、歩こうとしなければ意味はない。だけどね、悪意のあるたくさんの人に顔や手を踏まれて、それでもなお立ち上がるのは難しい。普通、あんな心の折られ方をした人は、戻っては来られないんだ」

嘉島の言葉には実感がこもっていた。

由美子にも思い当たる人はいる。

悪意にさらされ、再起不能になった先輩声優を見たことがある。

謂れのない裏営業疑惑を掛けられ、私生活を暴かれ、タガが外れた男に接触された。

夕暮夕陽は、まさしく悪意の中にいた。

あんなにも気の強い女が、すっかり心をへし折られていた。

声優をやめる、と。彼女自身が泣きながら言っていた。

「夕暮さんが立ち上がれたのは、歌種さんのおかげだ。君が自分を犠牲にしてまで手を差し伸べてくれたから、夕暮夕陽は立つことができたんだ。本当に、ありがとう」

嘉島はそう言うと、再び深々と頭を下げた。

由美子はなんと言っていいかわからず、持ち上げた手をふわふわと揺らすことしかできなかった。

応接室を出て、嘉島はエレベーターホールまで送ってくれた。

「加賀崎さん、今度またみんなでご飯でも行こうよ」

「えぇ、ぜひ。いい店教えてくださいよ」

ふたりはそんな会話をしながら、エレベーターのボタンを押そうとした。

そのタイミングで、廊下の奥からだれかがひょっこり顔を出す。

最初、由美子はその人を学生か何かかと思った。

小柄な身体にスーツを着込んでいるが、どこか着られている感が拭えない。

就活生、といった言葉がぴったりの女性だった。

幼い顔立ちに薄く化粧を乗せて、そのうえに大きな眼鏡をかけている。丸っこい瞳をきょろきょろさせ、その挙動に合わせるように身体が動いている。落ち着きがない。

彼女は由美子たちに気付くと、「あ」と口を大きく開けた。

そして、慌てた様子でこちらに駆け出してくる。

その勢いが思ったより強く、転びそうになっていた。

「あ、あぁ、社長！　お、お疲れ様です！　お話はもう終わったんですか……？　あ、か、加賀崎さん！　ご無沙汰……、あぁいえ！　昨日ぶりです！　お疲れ様です！」

　ぱたぱたと手を振りながら、言葉をあっちこっちに飛ばしている。その落ち着きのなさに面喰らったが、加賀崎や嘉島は慣れているらしい。あぁ成瀬さん、と声を掛けている。

　成瀬と呼ばれた女性が、ふたりと短く言葉を交わしたあと、きゅっと由美子の方を見た。目を見開き、興奮した面持ちで距離を詰めてくる。

「う、歌種さん、初めまして、ですね！　わ、わたくし、夕暮夕陽のマネージャーをしております、成瀬、成瀬、と申します！」

　成瀬はそう言いながら、内ポケットから名刺を取り出そうとした。

　しかし、手が滑ったのか、ぽーんと名刺ケースが宙を舞う。

「わ、わ、と、っとっと！」

　ぽんぽんとその場でお手玉が始まった。

　今にも落としそうな名刺ケースを、加賀崎が横からキャッチする。

　しっかり持って、成瀬に差し出した。

「どうぞ、成瀬さん。ゆっくりでいいんで、どうぞ慌てずに」

「あ、ご、ごめんなさい加賀崎さん！　ありがとうございます！」

　にこりと笑う加賀崎に、ふにゃりと幼児のような笑みを返す成瀬。

　だが、はっとしたかと思うと、ようやく由美子に名刺を差し出してきた。

「ど、どうも、ご丁寧に……」

名刺を受け取ると、そこには『成瀬珠里』という名前が記載されている。

しかし、なぜ千佳のマネージャーがわざわざ自分に挨拶をするのだろうか。

首を傾げていると、急に成瀬から手を取られた。

ぎゅっと握り、ぶんぶんと上下に振られる。

「歌種さん！　このたびは本当にありがとうございました！　歌種さんがいなければ、夕陽ちゃんは今頃どうなっていたか……！　本当に、本当に、ありがとうございますー！」

今にも泣きだしそうなくらい感情的な声で、成瀬は何度もお礼を繰り返す。

あぁなるほど、と納得した。

彼女も嘉島と同じだ。千佳のことで感謝している。

マネージャーの立場からすれば、感謝の念は社長よりも上だろう。

わざわざお礼を言いにきたのも、わからないでもない。

「…………」

しかし、どーにもむず痒い。

千佳を助けようとしたのは確かだ。

けれど、これではまるで自分と千佳が固い絆で繋がっているようではないか。

関係性を強調されているようで、どうも落ち着かない。

成瀬の熱烈な感謝は、「成瀬くん、そろそろ」と嘉島に止められるまで続いた。

「もしわたしにお力になれるようなことがあれば、何でも仰ってくださいね！　何でもしますから！」

加賀崎は横で黙って聞いていたが、その言葉に対しては、

「ありがとうございます。何かあれば、頼りにさせてもらいます」

とちゃっかり返事をしていた。

嘉島と成瀬に見送られ、エレベーターの扉が閉まる。

ぱたぱた頭を下げる成瀬が見えなくなると、ついぽつりとこぼしてしまった。

「なんか……、落ち着きのない人だったな。あんな人がマネージャーで大丈夫なのかな」

「バカいえ、あの人は優秀。夕暮が短期間で頭角を現したのはあの人ありきだし、ほかにも売れっ子抱えてるんだから」

「え、そうなの。ぜんぜんそんな感じに見えなかったけど……。新入社員かと思った」

「あの人、若く見えるけどあたしより年上だからな」

「嘘⁉」

「ほんと」

そんな会話をしていると、エレベーターが止まってほかの社員が入ってきた。なんとなく黙り込む。その社員はまた別の階で降りていった。

加賀崎が「閉」のボタンを押すのを見ながら、由美子はずっと気になっていたことを問いかける。

「ねぇ、加賀崎さん。社長が怒っていたのは演技だったみたいだけど……、加賀崎さんは、どうなの？　あれも演技？　それとも、本当に怒って……る？」

「は？　ブチギレてるんだが？」

「おっとぉ……」

予想に反した反応に、慌てて口をつぐむ。

しかし、時は既に遅く、加賀崎はぎろりとこちらを睨んできた。

「お前ね。今の状況、わかってるのか。今までのアイドル声優活動、全否定したんだぞ。コツコツお前が積み上げたものがぜんぶ崩れたんだ。怒るに決まってるだろ」

険のある声に、さっきの発言を反省する。

不用意なことを訊いてしまった。

嘉島と成瀬に思ってもないことを言われ、知らないうちに浮かれていたのかもしれない。

加賀崎は視線を前に戻し、ぽつりとこぼす。

「マネージャーからすれば、他事務所の声優なんぞどうでもいい。お前には自分のことだけ考えてほしかったよ」

「加賀崎さん……」

それこそ親心だ。加賀崎は由美子が頑張る姿を間近で見ている。

そんな彼女からすれば、由美子の行動は見ていられなかっただろう。

「ただまぁ」

加賀崎はふいと視線を上にあげて呟く。こちらに顔を向け、薄く微笑んだ。

「マネージャーじゃなく、ただのりんごちゃんとして言うのなら。由美子の行動はすごく立派だと思う。自分を捨ててまで人を助けるなんて、普通はできることじゃない。偉かったな」

そう言いながら、加賀崎は由美子を抱き寄せた。

自分の肩に由美子の頭を当てながら、ぽんぽんとやさしく叩く。

その温かみに、由美子は加賀崎の腕をぎゅっと摑んだ。

「加賀崎さん……、厳しくしといてあとからやさしくするの、完全にDV男のそれ……」

「なんてこと言うんだお前……、DVって。それなりに心温まるやりとりだったろ。加賀崎さんちゅきちゅき～ってなってもいいんだぞ」

「心は温まったけどね……、やり方がね……。でも、あたしはずっと加賀崎さんのことちゅきちゅき～だよ」

「そうかそうか。りんごちゃんも由美子のことちゅきちゅきだぞ」

そんなアホなことを言いあいながら、エレベーターから降りた。

受付とやりとりをしてから、外に向かう。

そして、大きな自動扉を抜けたあと。

ちょうどビルに入ろうとした人と、ぱっちり目が合った。

「あれ？　加賀崎さん？　珍しいところでお会いしましたね」

そんなふうに声を掛けられ、足を止める。

「ん。……あぁ、柚日咲さん。そうか、柚日咲さんもブルークラウンでしたね」

声を掛けてきたのは、可愛らしい小柄な女性だった。

由美子は目を見張る。観たことのある人だったからだ。

――『めくるん』だ！

柚日咲めくる。通称、めくるん。ブルークラウン所属の女性声優だ。

芸歴は、桜並木乙女が以前、「めくるちゃんは同期だよ～」と言っていた覚えがある。ただ、年齢は乙女よりひとつ下の二十歳だったはずだ。

今も人気が高い『十人のアイドル』通称、ジュードルでたくさんのライブをこなす、歌って踊れるアイドル声優だ。

実際に会うのは初めてだった。

挨拶しなきゃ、とふたりの様子を窺っていると、先にめくるの方が気付いた。

「そちらにいるのは……、歌種やすみさん、ですよね」

めくるは手を後ろに組み、小首を傾げながらこちらを見上げてくる。

かわいい。小さい顔にさらさらの髪、ハリのある肌。童顔なのにどこか大人びた表情が、見ている人の心をわし摑みにする。

幼い見た目にも関わらず、小悪魔チックな表情や動作が本当に似合う。

こう、きゅーっと抱きしめたくなる愛しさがあった。

めくるは背は低くも、大きめの胸の持ち主だ。抱き心地は最高だろう。

ほわほわとした気持ちになりながら、由美子は頭を下げる。

「はい、はじめまして。チョコブラウニー所属の歌種やすみです。よろしくお願いします」

「ブルークラウン所属の柚日咲めくるです。今日は夕暮のことで来たのかな。わたしも歌種さんにお礼を言わせてもらいたいな」

めくるはこちらに手を差し出してくる。

握手を求められていると気付き、由美子は慌てて手を握った。

めくるんにもお礼を言われるのか。

むず痒い気持ちになるものの、悪い気はしない。

めくるは手をぎゅっと握り返すと、嬉しそうに微笑んだ。

「本当にありがとうね、歌種さん——うちの愚かな後輩を、きちんと地獄に落としてくれて」

……ん？

聞き間違いだろうか、とめくるの顔をまじまじと見つめる。

すると、彼女の瞳はいつの間にか冷たい光をたたえていた。

友好的な笑みは消えて、温もりのない表情に変わっている。

目を細め、心の底から呆れたように口を開いた。

「裏営業疑惑、あれはアイドル声優として最低最悪のミスだわ。脇甘すぎ。仕事ナメすぎ。いくら何でもあれはひどい。それに対して、フォローを入れようとする事務所も事務所。甘やかしてどうすんのって感じ。クビにしてもおかしくないくらいの失態だってのにさ」

めくるは由美子から手を離し、なおも憎々しげに続ける。

「事務所がペナルティ課さないうえに、夕暮ならどうせ空気読まずに平気で復帰するんじゃないかと思ってた。でもそれっておかしいでしょ。周りに示しがつかないでしょ。なんで、一番のタブーを犯した奴がお咎めなしなのよ——って思ってたら、あんたがやってくれた」

めくるはそう言いながら、由美子の肩に指をつく。

「あんたが夕暮のことをぜんぶ暴露してくれたおかげで、アイドル声優・夕暮夕陽はきっちり死んだわ。あんたが夕暮を地の底まで落としてくれた。あそこから這い上がるのは、並大抵のことじゃないでしょうね。だから感謝してるのよ、歌種やすみ。バカな後輩に相応の罰を与えてくれて、どうもありがとうね」

にっこり笑いながら、めくるは言う。

突然の発言と百点満点の笑顔のせいで、最初、何を言われたかわからなかった。

だけど、めくるの言葉が徐々に染み込んできて、ようやく理解する。

どうやら彼女――柚日咲めくるは悪意をぶつけているのだ、と。

「――ええと、柚日咲さん。聞き間違いですかね。あたしには、不運な後輩が失脚したからって、喜んでるように聞こえるんですが」

「ん？　君、人の話聞けない子？　不運な後輩じゃなくて、バカな後輩。仕事で最低のミスをやらかした、バカな後輩。丁寧に説明したつもりだったけど、わからなかった？　もう一回言ってあげよっか？」

「いいです。それより、無茶苦茶言いますね。あれは不幸な事故でしょ。後輩の不幸を喜ぶなんて、そんな器の小さな先輩がいるなんてね。そんな暇あったら、レッスンでも何でもしたらどうすか」

「あれを不幸な事故って言ってるから、あんたは三流声優なのよ。昨日の一件見てて思ったけど、本当甘ちゃんだよね。現実が見えてなさすぎ。考えなしにもほどがある」

めくるの声のトーンが、低く、重いものに変わっていく。

こちらを見上げる目は鋭く、可愛らしい見た目に反する迫力があった。

「歌種も夕暮も、今はドラマチックな感傷に浸ってるだけ。ふわふわ友情ごっこがしたいなら、よそでやれよ。きちんと現状に目を向けろよ。何もわかってないくせに、適当なことを言うな。そういうところがプロじゃないって言ってるの」

吐き捨てるように言う。

その態度にはかちんとくるが、どこか有無を言わせない凄みがあった。威圧感にたじろぎそうになる。反論の言葉が喉に引っかかって出てこない。

「……なんで、そんな言い方されなきゃいけないんすか。関係ないでしょ」

その程度のことしか言えなくなってしまう。

しかし、その言葉を聞いた途端、めぐるの瞳にはっきりと怒りの炎が宿った。

「関係あるから言ってるんでしょうが。あんたの自己陶酔のせいで、どんだけほかの声優が迷惑被ったと思ってんの。想像量足りないのも大概にしろよ」

彼女は嫌悪の表情を浮かべる。こちらを真っ向から睨んできた。

「あんたたちバカふたりが『女性声優にはこれだけ裏の顔があるんですよ』なんて大手を振って喧伝したせいで、ファンの脳裏にこびりつくようになった。『自分の好きな声優も、裏の顔があるんじゃないか。ひどい性格なんじゃないか。自分も騙されているんじゃないか』——って」

「――――――」

思ってもないところからの、言葉だった。

言葉を失う。そんなふうに考えたことはなかった。考える余裕なんてなかった。

自分たちの行動が、ほかの声優にまで影響しているなんて。

今気付いた、とばかりの由美子の反応に、めくるはさらに表情を険しくさせる。

「声優が可愛らしい発言をするたび、仕草をするたびに、疑われる。それが心からの言葉であっても、単なる癖であっても、素直に受け取られなくなる。そんな呪いをあんたたちはかけたわけ。関係ない？　よく言えるわ、そんなこと。だからガキって嫌なのよ」

一方的に言葉を叩きつけられ、反論できずに黙り込む。

ぐるぐると頭がかき混ぜられ、思考が完全に止まっていた。

「柚日咲さん、それくらいにしといてください。あんまりうちの子をいじめられると困ります」

突然、横からそんな言葉が放り込まれた。

ずっと黙って聞いていた加賀崎だ。

加賀崎の言葉を聞いた途端、めくるは由美子から視線を外し、にっこりと微笑む。

「いじめるなんて、そんな意地悪言わないでください。加賀崎さんとは今後とも、お仕事していきたいと思っておりますので、またよろしくお願いしますね」

それでは、と何のためらいもなく、めくるは会社の方に歩いていく。由美子には挨拶もない。

「……あぁそうだ」

しかし、足を止めて振り返る。

先ほどまでの張り付けたような笑みは消え失せ、真面目な表情でこちらを見据えた。

「あんたらの被害を一番に受けるのは、桜並木さんだと思うの。ハートタルトってユニット組んでたでしょ。炎上声優ふたりに挟まれてるせいで、ネットではもう『さくちゃんにも裏の顔があるんだろ』って言われてる。歌種って、桜並木さんと仲良いのよね。大好きな先輩の顔に泥を塗るのって、いったいどんな気持ち？」


「あーッ！　なんなの、あれ！　腹立つぅ〜っ！」

車のダッシュボードに頭を打ち付け、由美子はばたばたと手足を揺らす。

加賀崎はハンドルを握ったまま、ただただ笑っていた。

「確かにあの人の言う通りかもしんないけど！　そこまで考え及ばなかったあたしが悪いけど！　あんな言い方することなくない⁉」

「まぁなぁ。ちょっと言い方は悪かったな」

「ちょっと⁉　相当口悪かったけど！　あーあ、あたしめくるんって結構好きだったのに。あんな口悪い人だったなんて！　幻滅！」

「え、それお前が言うの？　あたし笑った方がいい？」

そんなやりとりをしている最中も、どこか加賀崎は嬉しそうだった。

時折、おかしそうに笑っている。

「なに、加賀崎さん。なんか機嫌よくない？」

「あぁうん。あたしが言わなきゃなー、って思ってたことを柚日咲がぜんぶ言ったから。なんかおかしくてね」

そう言ってまた笑う。

由美子は唇を尖らせ、ダッシュボードにあごを乗せた。

「加賀崎さんもそう思ってたのか……、んー、わかるんだけどさ。やっぱり腹立つ」

ぐぬぬ、と唇を噛む。

彼女の言うことは正論かもしれない。けれど、あんな厭味ったらしく言うことはないだろう。

そもそも、事務所の先輩でも何でもないし、初対面であんな喧嘩腰はひどい。反感だって持つ。

ぷんすか怒っている由美子を、まぁ、と加賀崎はなだめる。

「言い方が悪かったのは事実だ。本来あぁいうことはあたしらの立場が言うことだしね。柚日咲の言うことは正論だけど、正論だからって言っていいことと悪いことがあるしな。まぁ都合のいいことだけ聞いときな」

頭をぽんぽんとされ、少しだけ気持ちが落ち着く。

顔を上げると、ちょうど赤信号で止まるところだった。

加賀崎は手早くスマホを操作し、なぜかスマホホルダーに取り付け始める。

「しかしな、由美子。お前は柚日咲のことが気に食わんだろうが、あれはお前の目指すべき姿でもあるんだぞ」

「えぇ?」

おかしなことを言いながら、加賀崎は動画を再生する。

スマホの中では、可愛らしい女の子がにこにこと笑っていた。

『みなさーん、くるくる～。『柚日咲めくるのくるくるメリーゴーランド』、第212回が始まりました! 今回はゲストさんがいらっしゃいます! はてさて、いったいどなたでしょう?』

笑顔で手を振り、小さな身体をいっぱいに使い、表現豊かに進行する女の子——柚日咲めくるだ。

先ほど、バチバチにやりあった相手だというのに、「う……、かわいい……」と思わせるような姿だった。

『どうも、こんにちは～! 桜並木乙女です! めくるちゃん、久しぶりだね～!』

『やーん、乙女ちゃん久しぶり～! 来てくれて嬉しいよ～! 同期が来てくれると、やっぱり格別に嬉しい!』

『うんうん、そうだよね! わたしもめくるちゃんとお仕事できて嬉しいな!』

『今日はもちろん、告知でも何でもなく、純粋にわたしに会いに来てくれたんだよね?』

『ううん、告知!』

『いや、告知かい(笑)元気よく言うことじゃないよ(笑)』

『マネージャーさんがね、ここならきっちり告知させてくれるって』

『うん、いいんだけどね？　もうちょっと言葉濁した方がいいかな？』

『事務所のある人がね、ここならきっちり告知させてくれるって』

『言葉濁すのそっちじゃなくてね？』

『来年二月公開『劇場版プラネット・ヘブン』、よろしくお願いします！』

『乙女ちゃん、今日告知しなきゃ死ぬ呪いかかってる？』

とぼけたやりとりから、作家の笑い声が聞こえてくる。コメントの反応も上々だった。

普段はぽやっとした感じだが、笑いどころはきっちり押さえる。仕事を的確にこなす。

それが柚日咲めくるへの印象だ。

そもそも、乙女は率先して笑いを取るタイプではない。

先ほどの会話も、意図や演出を感じる。

『ええと、『劇場版プラネット・ヘブン』はアニメ最終回、その後の話になるんだよね？』

『そうなんです！　最終話から一年後の話が完全新作で描かれています！』

『ふんふん。最終回といえば、最後に少しだけ謎が残る演出で、ネットでも話題になっていたよね。あれの謎が解けるってことなのかな？』

乙女の出演するアニメの話になっている。

めくるは相槌や質問を重ねていくが、そのテンポや内容が絶妙で、コメントでも「それ聞いてほしかった」「気になってた」など、めくるの言葉をありがたがるものが多い。
興味がない人や知らない人でも、ちゃんと注目できるように話を進めている。
上手い。自分よりも、よっぽど。

「むう……」

それを観て唸っていると、加賀崎は前を向いたまま口を開く。

「『柚日咲めくるのくるくるメリーゴーランド』、『めくると花火の私たち同期ですけど？』、『ジュードルらじお』……、ラジオレギュラー三本、どれも２００回を超える長寿番組だ。特にすごいのは『ジュードルらじお』だな。由美子、知ってる？」

「……『十人のアイドル』に出演する十人が、交代でパーソナリティを務めるラジオでしょ。でもＭＣだけは変わらず、ずっとめくるんがやってる」

「そう。なぜかって、柚日咲にやらせておけばどの組み合わせでも安心だからだ」

信号待ちになる。加賀崎はスマホに指を伸ばし、たぱたぱと操作した。

「柚日咲めくるは、アニメやゲームでメインを演じた回数は数えるほどしかない。あまりぱっとしない。代わりに、出演作品に特番やイベントがあれば、高確率で呼ばれる。柚日咲がいれば回るからだ。スタッフ側からも視聴者側からも、『いれば安心』という役回りは、とても助かるし、貴重だ」

今度は『めくると花火の私たち同期ですけど？』が再生される。

『今回、わたしたちが行うゲームは、『英語を言っちゃいけないゲーム』！　です！　うわ、ベタすぎてびっくりする。え、もうスタート？　花火、もうスタートだって！　え、今のスタートってオッケー？　セーフ？　あ、オッケーがアウト!?　あ、アウトもアウトだ！　あ、セーフもダメじゃない!?』

ベタなゲーム、と言いつつも大変な盛り上がりだ。

動画内のめくるは涙が出るほど笑っている。

どうやらツボに入ったらしく、相方のパーソナリティ、夜祭花火といっしょに机に突っ伏し、身体を震わせていた。

パーソナリティが楽しそうなラジオは強い。笑いの絶えない番組には魅力がある。

これが計算かどうかはわからないが、少なくとも『めくると花火の私たち同期ですけど？』は人気番組だ。

「これが由美子の目指すひとつの理想だな。柚日咲の類稀なるトーク力、これが武器であることは理解できるだろ。お前に必要なのは武器だよ。何かしらの、な」

加賀崎はサングラスの位置を直しながら、淡々と続ける。

「歌種やすみからアイドル声優という武器がなくなった。今のお前は空手だ。早急に、ほかの武器が必要になる。そういう意味では、柚日咲めくるっていう存在はすごく参考になるよ」

「…………」

由美子はスマホに目を戻す。

画面の中のめくるは楽しそうに、軽快に、面白く話している。

めくるはこの武器のおかげで安定した仕事を得ている。食い繋ぐことが可能だ。

由美子はといえば、ただでさえ仕事がないのに、アイドル声優らしい仕事もできなくなった。役柄を演じる仕事があればそれでいいのだろうが、現状、歌種やすみにそんな力はない。

「加賀崎さんの言いたいことはわかるけど……」

理解はできる。しかし、無邪気に笑うめくると、容赦のない罵倒を繰り返しためくる。それが重なって、すんなり受けいれられない。

加賀崎は苦笑しながら、スマホをとんとんと叩く。

「この番組ひとつでも、学ぶべきところはたくさんあるぞ。息の合ったパーソナリティっていうのは、やっぱり魅力が飛び抜ける。このふたりみたいになれるのが、番組としては理想だろうよ」

「息の合ったパーソナリティ……」

思い出すのは、彼女の顔だ。

『夕陽とやすみのコーコーセーラジオ！』のもうひとりのパーソナリティ、夕暮夕陽。

彼女と息の合ったやりとり。

以前なら考えられなかったが、今ならできるだろうか。

「ふぅー……」

部屋着に着替えたあと、自分のベッドにダイブする。

時刻は昼過ぎ。母親は夜の仕事に備えてまだ眠っている。

加賀崎にちょっとお高いランチをご馳走になったあと、家まで送ってもらった。

「なんだかドッと疲れちゃったな……」

よくよく考えれば、昨日から怒涛の展開だ。

夕暮夕陽の裏営業疑惑がネットに流れ、学校ではおかしな男が暴れ、由美子はすべてをさらけ出す生放送を行った。そして、さっきのブルークラウンへの謝罪とめくるとの接触。

それらすべてが片付き、ようやく人心地ついた。

「……渡辺、どうしてるかな」

落ち着くと思い出すのは、ラジオの相方の顔だ。

スマホを取り出す。何の通知もなかった。千佳からの連絡もない。

「…………むー」

枕に顔を埋めて、くぐもった声を出す。

昨日の生放送が終わったあとのやりとりは、むず痒いものがあった。

気恥ずかしかった。ただただ、猛烈に。

あのときは顔を赤くしてもじもじするばかりだったが、今は時間も経った。多少は落ち着いている。そうなると、千佳の現状がとても気になる。

「……よし」

電話してみよう。

由美子は身体を起こし、千佳の番号を呼び出す。

しばらくコール音が響き、やがてそれが止んだ。

『……はい』

千佳の声だ。

彼女の声が聞こえ、少しだけほっとする。

「あぁ、渡辺？　今大丈夫？　家？」

『……えぇ、自宅だけれど。何？』

「あぁ、うん。どうしてるかなって。色々あったし、やっぱちょっと心配だったから。どうなの。あのあと、大丈夫だった？」

いざ電話をしてみると、意外とすんなり言葉が出てくる。

『…………………』

「渡辺？」

由美子は自然に話をしているつもりだったが、千佳からの応答はなかった。

急激に不安になる。

もしかして、何も問題は解決していないんじゃないか。

もしくは、新たな問題が発生したのではないか。

彼女の沈黙があまりにも怖くて、由美子は返事を待っていられなかった。

「ちょっと、渡辺。大丈夫なんだよね？　もしかして、何かあった？　何かあったなら、あたしにも言ってよ。力になれるかは、わからないけどさ……。相談してほしいって思うよ。なんか声にも元気なかったみたいだけど、もしかして本当に……」

『ふっ』

不安に駆られ、焦りから矢継ぎ早に言葉を重ねる。

すると、ようやく彼女から反応があった。

笑い声だ。

しかし、鼻を鳴らすような、明らかにバカにした嘲笑だった。

「……渡辺？」

『いえ、あなたの言い草があれみたい、と思って。彼氏面オタク？　お渡し会とかで顔を憶えてもらっただけで、馴れ馴れしくする人いるじゃない。ツイッターでも絡んだりね。『声に元気がなかったけど大丈夫？　心配です。何かあったら言ってよ』って。あれ本当きっついけど、真っ向から言われると笑っちゃうわね』

――そんな言葉が、スマホ越しに垂れ流される。

『あなた才能あるわね。ライブで後方腕組みしてたら似合うんじゃない？　でもそういうの、普通に引かれるからやらない方がいいわよ。少なくとも、わたしは結構引いたわ』

由美子が言葉を失っている間にも、千佳の嘲りは積み重なっていく。

あぁそうだ。そうだった。

渡辺千佳という女は、心の底から可愛げのない女だった――！

「――あぁそうね。人が凹んでたり、何かあったときって普通は心配するもんなんだけどね。あんたはそういう経験ないからわかんないか。一般社会の人間関係って、こんなやりとりをするもんなの。万年人間社会研修生のあんたには、通じないかもしれないけど」

『ふうん？　まさか、あなたみたいな蛮族から人間社会を説かれるとは思わなかったわ。獣から言葉遣いを習ってるみたい。なかなか愉快な体験をしているわよ、わたし』

「あんたが普段はしゃべらないから、獣も気を遣ってるんじゃない？　こいつは言語を知らないんだーって。人との話し方、教えてあげようか？　こんにちは、って言ってみ？　はい、こんにちは」

『――出たわ。あなたのそういうところ、本当に嫌い。昨日の放送では、最後は泣いちゃって何もしゃべれなかったくせに』

「っ！　あ、あんたねぇ、それ言う⁉　そういう渡辺だって――！」

そんなやりとりを何度か続けたあと、辛抱できなくなった由美子が一方的に通話を切った。

「あぁもう、腹立つ！」

ぱん、とベッドにスマホを投げつける。苛立ちが全身を駆け巡り、ストレスで身体が破裂しそうだ。なんて可愛げのない女だ！　腹が立って仕方がない。

ベッドに勢い良く倒れ込む。

昨日の一件で、少しは通じ合ったと思った自分がバカだった。

息の合ったパーソナリティ？

そんなふうになれると思った自分を呪いたくなる。

やはり、あの女とはわかり合えない。

わかろうとも思わない！

NOW ON AIR!! 

「えー、ありがたいことにですね、このラジオはめでたく続行が決まったわけですが」

「ほんと、おめでたいわね」

「ユウが言うと、別の意味に聞こえるんだよな……。えーとね、大変嬉しいことにご好評も頂いているようで」

「なんでウケているかは、さっぱりわからないけれど」

「まぁそうね……。それでね、まー、あんまりラジオでこういうこと言いたくないんだけども」

「まぁでもね。お伝えしないとね」

「うん、そうね……。えー、あの、ですね……。学校に来るの、やめてくれませんか……」

「そういうことです。あの一件以来、わたしたちの通う高校が特定されてまして。『夕暮夕陽　高校』か『歌種やすみ　高校』で検索したら二秒で出るわ」

「うん、そのせいでね、出待ちみたいなことする人が出てきて、正直困ってて……。ツイッターやブログ、事務所のHPにも注意文みたいなの書かせてもらってるんだけど」

「効果がなくてね」

「受け入れてくれるのはありがたい！　ファンになってくれるのも嬉しい！　でも、ごめん、学校には来ないで！」

「もう一声」

「お願いです、もう学校には来ないでください！」

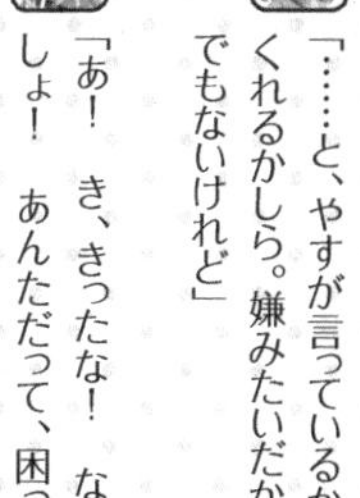

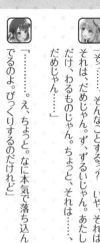

「……と、やすが言っているから、やめてあげてくれるかしら。嫌みたいだから。わたしはそうでもないけれど」

「あ！　き、きったな！　なにそれおかしいでしょ！　あんただって、困ってるって言ってたじゃん！　うーわ、汚い、ずるいよそれ！」

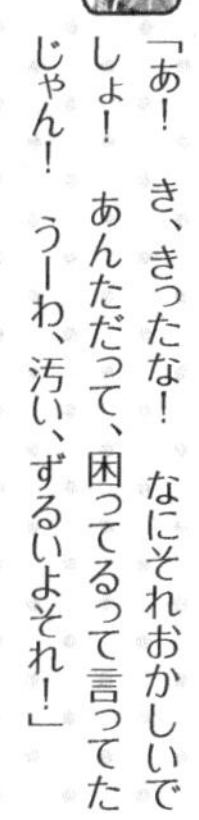

「困ってるとは言ったけど、ラジオで言うほどじゃないから……、あなたはそうでもないみたいだけど。限界みたいだけど。やすが困ってるって言うから、わたしは黙って聞いてるだけよ」

「そっ……、そんなことするぅ？　いや、それは、それは、だめじゃん。ずるいじゃん。あたしだけ、わるものじゃん。ちょっと、それは……、だめじゃん……」

「……………。え、ちょっと。なに本気で落ち込んでるのよ。びっくりするのだけれど」

「だって、こんなの……」

「あなた、変なところでメンタル弱いわね……。普段あれだけ言われても平気なのに、こういうのはダメなの……？　あぁもう、冗談よ。悪かったわ、それより――」

to be continued……

裏営業の一件から、数週間後。

『夕陽とやすみのコーコーセーラジオ！』は当初の予定だった最終回、24回を迎えたが、無事に続行が発表された。

出張版の放送は多くの再生数を稼ぎ、それに伴って通常放送の聴取数もかなり伸びた。

キャラを捨てた由美子と千佳のトークは意外にも好評で、面白がるリスナーも増えた。また、それ以前のキャラでやっていた放送も、ギャップがあって面白い、と一部でウケている。

しかし、それと並行するように問題が出てきたのである。


登校中の電車内。

普段より早い電車に乗っているおかげか、車内はそこまで混雑していない。

窓の外をぼやっと見ていると、少し離れた場所からスマホのシャッター音が聞こえた。

「…………」

過度な反応にならないよう気を付けながら、そちらに目を向ける。

若い男性ふたりが、スマホを持って何やら話していた。

こっちをちらちら見ている……、気がする。

声を掛けられたわけではないし、実際に写真を撮られたかはわからない。

けれど、陰鬱な気分にはなる。念のため、車両を移る行動も含めて。

窓ガラスに映る自分の姿を見やる。今日もメイクをばっちりと決め、髪もアイロンをしてふんわりさせている。ブラウスのボタンは外してハートのネックレスを覗かせる。足は冷たいが、ミニスカートに生足は決してやめない。

好きな格好をしている。

なのに、気分はどこか薄暗かった。

「ふぅ」

ため息を吐きながら、電車を降りる。

いつも降りる学校の最寄り駅——のひとつ前の駅。

ここで降りる客はかなり少なく、駅も閑散としている。

当然、自分と同じ高校の生徒はだれも降りない。

ひとりを除いては。

「…………おはよう」

「…………おはよ」

うっかり目が合い、無視もできずに挨拶を交わした。

線が細く、背も小さな女の子だ。スカートは長く、制服をきっちりと着込んでいる。いかにも真面目そうな生徒だった。特徴的なのは長い前髪で、目が隠れてあまりよく見えない。それがなければ、どこにでもいる、気弱で真面目そうな子に見えたかもしれない。

しかし、ひとたび口を開けば、その口の悪さに閉口するような少女。

ひとたび睨めば、だれもがその目つきの悪さに閉口するような少女。

夕暮夕陽こと、渡辺千佳その人である。

この駅で降りたということは、彼女も同じ考えなのだろう。

ふたりして、一応周りを警戒しながらホームを歩いていく。

「……いる？」

「大丈夫、今のところは。でもさっき、電車内で写真撮られたかも」

「あぁそう……、参るわね」

千佳は面倒くさそうにため息を漏らした。由美子もつられてこぼす。

「あれで高校バレちゃったのは痛かったなぁ……」

由美子と千佳が、キャラを捨てることになった原因。

裏営業疑惑のあの事件のせいで、歌種やすみと夕暮夕陽の通う高校がすっかり知られてしまっていた。

ネットにあがった映像には制服がばっちり映っているし、清水は炎上を起こして個人情報がすっぱ抜かれている。調べれば簡単に高校名が出る状態だ。

そうなれば必然、見に来る人が出てきてしまう。

それがファンなのか、元ファンなのか、それともアンチなのか。そこまではわからない。

しかし、『ファンを騙していた』ことが露見した今、何にせよ接触するのは危険だろう。

「ちょっと。横に並ばないでほしいのだけれど。目立つでしょうに」

千佳にそう言われ、思考から呼び戻される。

隣を見ると、千佳が迷惑そうに顔を歪めていた。

今にもしっしっ、と手を振ってきそうだ。

「そう思うなら、あんたが先に行けばいいでしょ。なんであたしが合わせなきゃいけないの」

「前を歩くのは、無駄に派手な佐藤の方が適任でしょう。街灯に虫がたかるのといっしょで、みんなそっちを見るから。普段使い道ないのだから、使えるときに使ったら？」

「いやぁ関係ないでしょ。渡辺って、風景に同化することに特化してるじゃん？　存在感消すのうまいよね。隣にいるのに見失いそう」

「あら、そのつけまつげのせいじゃない？　そんなものを付けているせいで、視界が狭いんでしょう。周りのことなんて何も見えてないものね。そんな恥ずかしい格好をして平気なんだもの。現代の裸の王様って感じ」

「そういうあんたは現代版シンデレラ？　灰かぶって掃除してりゃ、いつか王子様が見初めてくれると思ってる？　でも残念ねぇ、現代に魔法使いはいないから。あんたは一生、目をギラギラさせて掃除してりゃあいいわ」

そんなことを言いあいながら、うふふ、と強張った笑みを浮かべる。

結局、どちらも譲らない。並んだまま学校に向かった。

学校に着いても、正門や裏門から入るのは避ける。

一度、ここで待ち伏せを見てからというもの、ほかからこっそり入っている。

グラウンドを囲うフェンスが一部破れていて、そこから出入りできるのだ。

遠まわりだし、教師に見咎められればまずいが、安心して出入りできるのはここくらいだ。

「あ、由美子。おはよー」

昇降口で同じクラスの友人、川岸若菜に声を掛けられる。

無邪気な笑みを浮かべ、嬉しそうに手を振っていた。

ちらりと隣を見る。既に千佳の姿はなかった。

さりげなく人から離れる技術が、恐ろしく高い。もう靴を履き替えていた。

「……若菜、おはよ」

千佳に何ともいえない感情を抱きつつ、若菜に笑顔を返す。

すると、彼女はそばに来て腕を組んできた。こそりと耳元で囁く。

「昨日の帰り道、出待ちっぽい人いたよ。まだ普通に帰るのはやめたほうがいいかも」

周りに聞こえないように教えてくれる。

出待ちがいることに下がりはするが、その気遣いにふわりとした気持ちになった。

「ありがとねぇ、若菜。苦労かけるねぇ」

「何を言うんですか、わたしたち夫婦じゃありませんか」

「あたし旦那？　嫁？」

「どっちがいーい？」

「若菜ならどっちでもいーよ」

「やーん」

軽口を叩きながら、下駄箱で靴を履き替える。しゃがむ若菜の頭をぽんぽんと叩いた。

「でも若菜には本当感謝してるよ。クラスのこととかさ。色々言ってくれたじゃん」

「あれはわたしがどうより、みんなが悪いと思うな」

若菜は唇を尖らせる。

清水の件があったせいで、校内の人には由美子と千佳が声優だとバレてしまった。

そのせいで、事件が起こった翌週はかなり騒がれたのだ。

「色々あったみたいだけど、大丈夫なの？」「声優の仕事やってたんだね。何かあったら言ってよ」と心配してくれる女子たちはありがたかった。

ひどかったのは、男子だ。

同じクラスの男子も、違うクラスの男子も。

由美子が声優だと知ると、「●●さんって知ってる？　会わせてほしいんだけど」「さくちゃんと仲良いってマジ？　サインもらってきてよ」「収録、俺も連れてってくんね？」と大して仲もよくない男子に言われたときは閉口した。

佐藤由美子でも歌種やすみでもなく、名も知らぬ声優として接されるのはいささか辛い。様々な事件が重なったあとだから余計にだ。

「そういうのやめなよ。由美子は由美子だよ」

そう言ってくれたのが、若菜含めたクラスの女子たちだった。

そのおかげでそれ以上不快な思いはしていない。

ちなみに千佳も同じように絡まれていたが、

「これから一生、わたしに話しかけないで。絶対に。あなたも炎上させるわよ」

と強い眼光とともに「ちっ」と舌打ちを重ねたので、彼女に近付く生徒はいなくなった。

教室に入り、ほかの子と挨拶を交わしながら席につく。

すると、隣の席の木村が何やらぶつぶつと言っていた。

「あ、あー、やっぱ、プラガって、い、いいよなー……。僕すごく好きだからなー……」

「…………」

アニメ雑誌をこれ見よがしに広げながら、ちらちらとこちらを窺っている。

以前は鞄に『プラスチックガールズ』の『アジアンタム』のラバストがあったが、今は『マリーゴールド』に代わっていた。

「木村……、そういうのやめなって言ったじゃん」

「え、な、なにが？　ぼ、僕は単に好きなアニメの記事をだね……！」

案の定、若菜に怒られている。

その様子を見ながら、由美子ははぁ、とため息を吐いた。


放課後。

今日はコーコーセーラジオの収録日なので、これからスタジオに向かわなくてはならない。

「それじゃね、由美子。バイトあるからお先に！」

若菜はぱたぱたと教室から出ていく。

それに手を振ってから、さて今日はどうだろう、と窓の外に目を向けた。

既に千佳が窓のそばに陣取っている。

ほかの生徒が部活や下校のために出ていく中、由美子と千佳は窓から校門を見下ろした。

「いるわね」

「いるなぁ……」

校門のそばに立っている、出待ちらしき男たちがちらほら見える。

何気なさを装っているが、歌種やすみと夕暮夕陽を待っているのが見え見えだ。

「あ、先生が行った」

だれかに言われたのか、それとも見るに見かねたのか、ガタイのいい体育教師がのっしのっしと歩いていく。それを見て、彼らは慌てて散っていった。

しかし、しばらくは辺りをうろうろしているはずだ。

校門から帰るのは無理だろう。

「はぁ……、今日もフェンスから帰るしかなさそうね」

千佳がため息まじりで言うので、由美子はそっと伝える。

「……それが、渡辺。あれってもうすぐ直すんだって。昨日聞いた」

「え、そうなの？　それは困るわね……。まだ校門から帰る勇気はないのだけれど」

千佳は窓に手を触れながら、疲れたように肩を落とす。

「佐藤はどうするつもりなの。随分と落ち着いているけど」

「あぁ。仕方ないから、あたしは変装しようかなって」

「変装？」

千佳が顔をしかめる。軽く頭を振ってから、心底呆れたように口を開いた。

「帽子にマスクにサングラスでもするつもり？　そんな人が学校から出てきたら、『わたしは皆さんお探しの人物です』って言っているようなものじゃない。もう少し頭を使ったら？」

「言われなくてもわかってるっつーの。あんたこそ頭を使いなさいよ」

今度は由美子が呆れる番だ。
すると、千佳の目がどうするの？　と訊いてくる。
「まぁ見てなって」
笑いながら、由美子は自分の席に戻る。
鞄から目的のものを取り出して、机の上に並べた。
千佳はついてきたものの、由美子のそばで所在なげに立ち尽くしている。
若菜の席を引き、座ったら？　と言うと、彼女は素直に従った。
持ってきたものは、メイク落とし一式だ。
外出先でも簡単、保湿ケアまでできるクレンジングシート諸々を用意してきた。
コンパクトミラーを立てかけ、ヘアバンドで髪を上げ、さて、と手に取る。
首を傾げる千佳を尻目に、手早く化粧を落としていく。
「よし……、と」
メイクを落としたあとは、ヘアブラシを取り出して髪を梳く。
髪を整えたあとは、長い髪を一本にまとめ、丁寧に三つ編みにした。
ネックレス、イヤリングを外し、小物入れへ。
ブラウスのボタンはしっかりと留め、スカートの位置も戻して丈を長めに。
とどめとばかりに、伊達眼鏡を装着した。その場に立ち上がる。

「さて、どうでしょう？」

両手を広げ、千佳にお披露目する。

ほかのクラスメイトの意見も聞きたかったが、既に教室には自分たちしかいなかった。

しかし、そんな心配は必要ないほど、千佳の反応は上々だ。

目をぱちぱちしながら、珍しく素直に感心している。

「すごく真面目な生徒にしか見えない……、完全に化けているわ。普段のあなたとは別人よ」

「そうでしょうそうでしょう。変装って言っても、いろいろあるってことよ」

「見事だけど、ずるいわね……。普段からあの格好だからこそできる荒業っていうか。もしかして、あなたの化粧はすべてこのときのために？」

「んなわけないでしょうが。人のオシャレを伏線みたいに言わないでくれる？」

呆れつつも、由美子は改めて自分の姿をミラーで見やる。

真面目で大人しそうな女の子がそこにはいた。普段のギャルとは大違いだ。

とはいえ、これはこれでかわいい気がする。

自分の主義を引っ込めるようでやりたくはなかったが、たまにはこういうのも悪くないかもしれない。

「わたしも変装しようかしら……、でも、声優の姿になっても意味はないし……」

うーん、と千佳は唸っている。

普段からノーメイクの彼女は、由美子と同じ変装はできない。

しかし、千佳は千佳なりの化け方があると思う。本人は気付いていないようだが。

「あたしがやってあげよっか。渡辺千佳とも、夕暮夕陽とも違うメイク。バレない変装をする自信があるけど」

椅子ごと彼女の隣に移動する。

千佳は身体を引きながら困惑し、怪訝そうな目つきをした。

「なに。どんな方法か知らないけど、おかしなことをするんじゃないでしょうね」

「気に入らなかったらメイク落とし貸すよ。試しにやるだけでもいいと思うけど」

「……それで上手く変装できるならありがたいけど。珍しく親切ね、あなた。何かあるの？」

じろじろと顔を見られ、ぎくりとする。

色々と思うところはあるが、単純に自分がやりたいだけだ。

夕暮夕陽の綺麗な顔に、メイクしてみたい。可愛くしてみたい。

彼女の顔に自分好みのメイクができるなら、どんなふうになるんだろう……。

しかし当然、そんなことは言えようもない。

「……同じ状況で困ってるのに、自分だけ助かるのも寝覚めが悪いでしょ。嫌ならいいけど」

素っ気なく言い放つ。

千佳はしばらく悩んでいたようだが、最終的にその場で座りなおした。

「お願いするわ」

「はいはい」

よし、と気合を入れる。

千佳にヘアバンドを付けてもらい、長い前髪をすべて上げた。彼女の顔がしっかりと見えるようになる。彼女は目を瞑り、少しだけ不安そうにしていた。

千佳の顔を真っ向から見つめる。

「…………」

かわいいなぁ。

髪の補整がないっていうのに、彼女は本当に可愛らしかった。美少女だ。美少女がいる。顔の造形がとにかく綺麗で、うるおいのある白い肌が実に羨ましい。

ほんと、顔だけはいいんだよなぁ……。こーんなに綺麗な顔して。ずるいなぁ。いいなぁ。

普段ももっとオシャレしたらいいのに……。

「……佐藤？」

間近でぱちりと目が合う。

じぃっと見惚れていたせいで、不審がられてしまった。

慌てて、由美子はメイク道具を手に取る。

「あ、あぁ、ごめん。すぐやるから、うん。なんでもないよ」

「…………？」

不思議そうにはしていたが、それ以上の追及はなかった。大人しく目を瞑りなおす。

さて、まずはミストタイプの化粧水を……。

「…………」

「…………」

ひたすらに手を動かす。

お互いに無言の時間が続く。

教室は静かだ。しゃべっていないと、空気が冷たくなる気さえする。

どこかの教室に生徒が残っているのか、時折、小さな笑い声が聞こえてきた。

千佳とは、普段から楽しく話す間柄ではない。

無言でも別に気まずくはないのだが、こういうときだからこそ、訊ける話もある。

由美子には、ずっと気になっていたことがあった。

「……渡辺さ。最近、仕事の方ってどうなの。影響あった？」

由美子も千佳も、アイドル声優の土台を失った。

加賀崎が懸念していた通り、今まで積み上げたものを完全に崩す行為だ。

仕事に影響があるかどうか。

ないわけがない。

問題は、それがどれほどのものか。

「ふふ」

千佳は小さく笑う。

その笑みはとても自嘲めいていて――、どこか諦めたような笑い方だった。

ぴしり、と。自分の中で何かが欠けた。

格好いいと思っていた夕暮夕陽の姿が、ゆらりとブレる。

「影響はびっくりするほどあったわ。仕事、物凄く減ったもの。アイドル声優らしい仕事はもちろん、アニメやゲームの仕事もね。未発表のものは、あっちからたくさん断られちゃった」

「――――」

自分で訊いておいてなんだけれど、その答えはそれなりに衝撃的だった。

わかってはいた。

けれど実際に言葉にされると、やはり重いものがある。

「裏営業疑惑、暴力事件、そして声優としての顔は嘘であったこと。これだけスキャンダルが重なればね。だれだって問題児は扱いたくないし、今わたしを起用するのは何かとリスキーだから。仕方がないとは思うわ」

何てことはないように言っているが、その事実は重いだろう。

少し前まで、夕暮夕陽は人気声優の階段を着実に上っていた。

その階段から転がり落ちたばかりか、今は階段の前に通行止めが敷かれている。

問題児だから。今の起用はリスキーだから。

その呪縛が解けるのはいつだというのか。

いつ危険人物のレッテルが剝がれるのか。

一ヶ月後？　三ヶ月後？　それとも、一年後？

「まぁ暴力事件が大ごとにならなかっただけ、まだマシよ。親がまともじゃなかったら、本当にダメだったかもしれない」

千佳が言っているのは清水を殴り飛ばした件だろう。

原因はなんであれ、千佳が清水を殴ったのは事実だ。映像にも残っている。

けれど、そのことに関して千佳は不問になっていた。

簡単な話で、清水が起こした一連の事件を、彼の両親が詫びにきたのだそうだ。

本当に申し訳なさそうに、憔悴しきった様子で。

とはいえ、現状が大きく改善されるわけではないのだが。

「『ファントム』は……？」

ずっと気になっていたことを、おそるおそる尋ねる。

『幻影機兵ファントム』。

千佳が出演を夢見た神代作品の新作であり、裏営業疑惑の渦中にあった作品。

由美子が『魔法使いプリティア』に憧れたように、千佳も神代作品への出演を熱望していた。

もし、これが降板になっていたら……。

そう思ってなかなか訊けなかったのだが、幸い、千佳の返答は明るかった。

「あれは大丈夫。というか、ここで降板になったらさすがに荒れるでしょう」

彼女の言うことはもっともだが、理不尽なことでも平気で起こりうるのがこの業界だ。

ともあれほっとした。

『紫色の空の下』のように、現在放映中のアニメ等に関して降板はない。

問題は、それらが終わったあとだ。

ある時期を境に、夕暮夕陽の名前が一気に姿を消してしまう。

彼女が以前のように活躍できるのは、いつの話になるのだろう……。

由美子がつい考え込んでいると、先に千佳が口を開いた。

「……わたしはずっと、アイドル声優に疑問を持っていたけれど。声だけの仕事に専念したいと思っていたけれど。自分がどれだけ、アイドル声優に助けられていたのか、思い知ったわ」

ぽつりと呟く。

ぐっと、心が締め付けられる。

千佳は確かに、アイドル声優を良しとしていなかった。

やめたい、と思ってもいた。

望むとおりになったというのに、なくなってからそのことに気付く。

いかに自分がその恩恵を受けていたのかを知る。

けれど、千佳はもう二度とアイドル声優には戻れない。

『あんたが夕暮のことをぜんぶ暴露してくれたおかげで、アイドル声優・夕暮夕陽はきっちり死んだわ。あんたが夕暮を地の底まで落としてくれた。あそこから這い上がるのは、並大抵のことじゃないでしょうね。だから感謝してるのよ、歌種やすみ。バカな後輩に相応の罰を与えてくれて、どうもありがとうね』

めくるの声が頭に響く。

本当に千佳は地の底まで落ちたのかもしれない。

仕事がなく、人を羨み、悩み、葛藤する——由美子と同じ位置まで。

それどころか、さらに深い場所まで落ちたのかもしれない。

「…………っ」

驚いた。

思わず、手が止まる。嘘でしょ、と言いたくなる。

颯爽と前を歩いていた夕暮夕陽、自分の目標だった夕暮夕陽。

彼女の姿に、憧れさえ抱いていたというのに。

いざ、彼女が自分の位置まで落ちてきたという事実に——どこか、ほっとしている。

いや、これは――、嬉しい、とか。

そんな気持ち、なのではないだろうか。

「佐藤？」

呼びかけられて、はっとする。

「あぁ……、ごめん」

何でもないよ、とメイクを再開する。

どくどくと心臓の鼓動が強く響く。頭がぼんやり痺れている。

そんなわけがない。そんなわけがない。この感情は嘘であってほしい。

そう思いながら、どうにか蓋をした。

「佐藤は、どうなの。仕事、問題なさそう？」

「あたし？　あたしは……、まぁ。もともと、そんなに仕事ないし……」

実際、由美子はそれほど影響を実感していない。そもそもの仕事量が違う。断られるような仕事もない。

実感するとしても、これからだろう。

ただでさえ仕事がないのに、ここからさらに仕事を取るのが困難になる。その事実に薄ら寒いものを感じるけれど、自分から選んだ道だ。後悔するわけにはいかない。

「よし……、メイクの方は終わりっと」

話をしているうちに、メイクは完了した。

メイク道具をポーチに仕舞っていく。

「終わったの？　なら、鏡を見たいのだけれど」

「あぁ待って待って。まだ終わってないんだって。はい、渡辺。立っちして、立っち」

「人を子供みたいに言わないで。腹立つわね。本当に癇癪起こしてやろうかしら」

そう言いつつも、千佳は素直に立ち上がった。

由美子は彼女の後ろから身体をくっつける。

後ろから抱きしめるような形になりながら、彼女の腰に手を伸ばした。

そのままスカートを折っていく。

「……ちょっと佐藤？　なにこれ。同性間でもセクハラは成立するって知ってた？　というか、あなたのやっていること、まるきり痴漢よ。大声出した方がいい？」

「人聞き悪いこと言うんじゃありません。いいから大人しくしとく」

「はぁ」

どこか呆れたような声を出しながら、好きにしてくれ、と言わんばかりに力を抜く千佳。

とはいえ、この体勢は少しばかりドキドキする。

千佳は自分よりいくらか小柄で、後ろから腕を回すとすっぽり身体が収まる。サイズ感がちょうどよく、そのまま抱きしめたくなる。肉付きはよくないけれど、肩の細さや身体のやわらかさは、女の子なんだな、という感じがするのだ。

それに何より、あの夕姫を後ろから抱きしめている……、ような体勢になっている。

不思議なシチュエーションだ。

しかし驚いたのは、なぜか千佳が自分から身体をくっつけてきたこと。

もたれかかるように、ぎゅっぎゅっと背中を押し付けてくる。

「え、なに」

「いいえ。背中にあなたの胸を感じるものだから。せっかくだから堪能しとこうと思って。やわらかいわ。素敵ね」

「お姉ちゃん、本当あたしのおっぱい好きね……。同性間でもセクハラって成立するんだけど、知ってた？」

そんなことを言いながら、今度は千佳のブラウスのボタンをふたつほど外す。

きっちり締めてあるネクタイを緩め、首元をラフに。

「今更もう何も言わないけれど……、やりたい放題ね」

ため息を吐きつつも、拒絶はしない。

だれかに見られたら誤解されそうな過程を踏み、こっちの準備も終わった。

今度は鞄からあるものを取り出す。

「ウィッグ！　使えるかなー、と思って一応持ってきたけど、渡辺の方が合いそうなんだよね」

「う、ウィッグ？」

千佳が戸惑っている間に、さっさと頭に乗せて調整する。

「よしっと」

ようやく完成だ。

千佳から一歩二歩と離れ、全身を見やる。思わず、むふー、と鼻息が荒くなった。

自分の姿を見ていない千佳は、不安そうにこちらを睨んでいる。

由美子は自分のスマホを取り出し、千佳の全身をぱしゃりと撮った。

「おー、かわいいかわいい」

「………………」

スマホを見ていると、とてて、と千佳が近付いてくる。

顔をくっつけ、スマホに映った自分の姿を確認した。

「げっ……」

千佳の口から潰れたような声が漏れる。

「えー、かわいいじゃん」

「………………」

千佳は額に指をつけて、ふるふると首を振っている。

かわいいのに、と由美子は改めて千佳の全身を見る。

肩まで届く金色の髪。端正な顔立ちが映える明るいメイク。

つけまつげ、アイシャドウ、チーク、色付きのリップを派手に施した。

ブラウスのボタンは外され、ゆるく締まったネクタイがアクセント。その間から鎖骨が覗いていた。ギリギリまで短くしたスカートから、見える黒タイツが色っぽい。

ギャル。ギャルだ。ちっちゃなギャルがそこにはいた。

いい感じだ。かわいい。

さすがあたし、と由美子が自画自賛していると、千佳は渋い顔をしながら身体を離す。

「最悪。最悪よ。これじゃあまるで、佐藤みたいな野蛮人じゃない。大丈夫？　今のわたし、どんどん偏差値下がってない？　知性失ってない？」

「やかましい。メイクしただけで変わるわけないでしょ」

「ア、ア、ア……、ツケマ……、ガワイイ……、ヅゲル……ヅゲル……。これ、佐藤の真似ね」

「こいつ……」

あまりにひどい悪ふざけに、千佳の肩を小突く。すると、千佳は小さく吹き出した。

おかしそうに笑っていたが、しばらくしてから、自分の姿を見下ろす。

「……でもこれ、どうなのかしら。変装できてる？　わたしが単に乱心しているだけに見えない？」

彼女の不安そうな声に、由美子が言葉を返そうとする。

そのとき、がらりと教室の扉が開いた。

「っとっと、ノートノート……、ん？　え、だれ⁉」

クラスメイトの女子が、由美子たちを見て驚きの声を上げる。

由美子は肩を竦め、千佳はむぅ、と口を曲げた。


校舎から出て、ふたり並んで校門を目指す。

先ほど先生に散らされたにも関わらず、出待ちの男が何人も待機していた。

「む……」

さすがにちょっと緊張する。もし、変装がバレたら彼らと相対することになる。

現状、それはまだ避けたい。

「堂々としなさいな。大丈夫よ」

千佳は肩をくっつけ、耳元でそっと囁いてくる。

「わかってる」と返事して、眼鏡の位置をそっと直した。

校門から出ると、出待ちの男たちの視線が突き刺さる。

下校する生徒はほかにいないから、どうしても注目されてしまう。

ふたりで並んでいるのだし、何か話した方が自然だろう。

そう思うものの、話題がさっぱり思いつかない。というかそもそも、いっしょにいるべきじゃなかったかもしれない。彼らに余計なヒントを与えてしまうのではないか。

けれど、もう遅い。いまさら離れるのも不自然だ。

バレないように祈るしかなかった。

「──ん。今、通った子たちさ」

息をひそめて通り過ぎると、男のひとりがそんな声を上げた。

まずい。バレたか。

いざとなったら、そのまま走ろう。追いかけてきたら、人気の多い場所に逃げよう。

緊張しながら、彼らの動向を窺う。

「あのギャルっぽい子、かなり可愛くない？　すげータイプなんだけど」

「え、マジ？　あー、俺は隣の真面目そうな子のがいいなぁ。大人しそうでかわいい」

──聞こえてきたのは、そんな会話だった。

それを黙って受け流し、しばらくそのまま歩き続ける。

しかし、我慢できないとばかりに千佳が吹き出した。つられて由美子も笑ってしまう。

何も言葉を交わすことなく、しばらくそのまま口を開けて笑っていた。

「……ん？　あれ」

その笑い声がようやく落ち着いたころ、ポケットのスマホが震えていることに気付く。

スマホを取り出す。加賀崎からメッセージが届いていた。

同じタイミングで千佳にも着信があったらしく、同じようにスマホを見つめていた。

『今日、ラジオの収録が終わったら、夕暮といっしょに前行った喫茶店に来ること』

「……加賀崎さん？」

「……成瀬さん？」

不可解なメッセージに眉をひそめる。

どうやら、似たようなメッセージを千佳もマネージャーから受け取ったらしい。

お互い顔を見合わせて首を傾げた。


ラジオの収録を終え、千佳とともに指定された喫茶店に入る。

以前、加賀崎に『紫色の空の下』の話を聞いた、雰囲気の良い喫茶店だ。

店員に待ち合わせですと告げてから、静かな店内を見回す。

「佐藤」

千佳に袖をくいっと引かれ、そちらに目を向ける。

隅にあるテーブル席に、目的の人物が座っていた。

「――ふむ。成瀬さんって結構お酒飲まれるんですか」

「あ、あー……、そうですね。結構……、好きです……。サワーとか、飲みやすいものばかりなんですけど……。か、加賀崎さんはこう、大人っぽいお酒が似合いそうですね？」

「ふふ、お酒自体が大人の飲み物ですけどね。あたしは何でも飲みますけど、サワーも好きですよ。よければ今度飲みに行きませんか。いい店があって——」

「あー。加賀崎さんが、他事務所の女を口説いてるー」

後ろから声を掛けると、加賀崎が振り返る。

そして、彼女の表情がぽかんとしたものに変わった。加賀崎には珍しい反応だ。

何度か瞬きしてから、驚いたな、と呟く。

「……由美子か。それは変装？　変わるもんだなぁ。いいじゃない。変装として効果的だと思うし、何よりかわいいよ。似合ってる」

「わー！　夕陽ちゃん！　どうしたの、それ！　かわいいね！」

由美子の真面目っ子、千佳のギャル、それぞれ両マネージャーからの反応はいい。

由美子は照れ照れと頭をかいてご満悦だが、千佳はげんなりしていた。

しばらく、両マネージャーからの「こういう仕事もいけるんじゃないか」という値踏みの視線を受けたあと、ようやく座るよう促される。

加賀崎の隣に、由美子。

成瀬の隣に、千佳。

席について注文した飲み物が来た頃——、おもむろに由美子が尋ねる。

「……で。これってどういう集まりなの？」

加賀崎に呼び出されて素直に来たものの、用件は聞いていない。

他事務所のマネージャーふたりと、担当の声優ふたり。

「ちょっとお茶でも」とわざわざ集まるような面子でもない。

成瀬は自分から説明した方がいいか、とちらちら加賀崎を窺っていたが、加賀崎の方が先に口を開いた。

「作戦会議。本来我々は競合相手ではあるが、今はそうも言ってられない。協力するのが得策だと判断し、こうして話し合いの場を設けたの」

加賀崎はテーブルを指でとんとんと叩く。

作戦会議。協力。

「……なんの？」

似つかわしくない言葉に、由美子は怪訝な表情を浮かべる。

自分たちはそんな案件を抱えていただろうか。

それに加賀崎は渋い表情になり、成瀬は困ったように笑い、千佳は「ばか」と小さく呟いた。

「……歌種やすみと夕暮夕陽。先日の裏営業疑惑で素の顔を晒し、すっかり大変なことになってるふたりのための作戦会議だよ」

「……あ」

加賀崎の呆れた声に、思わず身を縮める。

そうか。そうだった。

むしろこの四人で集まって、それ以外の話なんて挙がるはずもない。

こほん、と成瀬は小さく咳ばらいをした。少しだけ前のめりになる。

「うちの夕暮は被害が甚大です。決まっていた仕事も先方から断られ、新規の仕事も取りづらくなっています。このイメージダウンは時間によって回復する見込みは薄く、何か打開策を見いださないとまずい状況です」

眼鏡の位置を直したかと思うと、成瀬はつらつらと言葉を並べる。

「楽観視していたつもりはないですが、ダメージは深く、傷の治りは浅い。このままでは本当に夕暮夕陽が死にます。そう考えていたところに、加賀崎さんに声を掛けて頂きました」

加賀崎が頷く。

「状況としてはうちの歌種も同じです。イメージを一新しないと、もうどうにもならないですね。どうせイメージアップを図るなら、ふたりの方が効率もいいし幅も広がる。そこで、歌種やすみと夕暮夕陽、ふたりで協力できないか……、という話し合いをしていたんだ」

こくこく、と成瀬は頷く。

ふたりの言葉は正しいと思う。

ファンを騙していたことが露わになり、アイドル声優としての顔は完全に潰れた。それを許せないファンもいるだろう。そんな声優はごめんだ、と突っぱねるスタッフもいるだろう。

だからこそ、それを覆す何かが必要になる。

それを手に入れるために、協力していこう、という考えは重々わかるのだが……。

「…………………」

千佳と顔を見合わせる。

協力？　このふたりで？

「……こんな、自分の状況もわかっていないような、見た目も頭も軽々しい女と協力？　なかなか難しいことを言いますね。共倒れするのがオチじゃ？」

「は？　その頭の軽い女にメイクしてもらって、同じような格好してよく言うね。変装、手伝わなければよかった。そしたら、あのまま学校から出られなかったね。もういっそ住めば？　あの長い前髪だったら、みんな幽霊だと思ってくれるよ」

「わたしが幽霊なら、あなたは化け物だけどね。なまはげみたいに家を回れば？　悪い子はいねーがー、悪い子はこんなんなるぞーって」

「こいつ……。そもそも、あんたの炎上にあたしが巻き込まれたんですけど。人を燃やしておいて何よその言い草」

「別にいっしょに燃えて、なんて頼んでないのだけれど？　あなたが自分から近付いて、勝手に燃えたんじゃない。そう考えると動物以下ね。火って危ないのよ。勉強できてよかったわね」

「おーおー、吠えるねえ。あんなにベソかいてたくせにさ。あんた、あたしになんて言ったか覚えてる？　もう声優やめる～、やだ～、って言ってたんだよ、めっちゃ面白かった」

「っ。出たわ！　あなたのそういうところ、本当に嫌い……！　言っておくけれど――」

「ゆ、夕陽ちゃん！　け、喧嘩はダメだよ、やめようよ」

「こら、由美子。ダメだぞ」

白熱したところで、マネージャー両名に止められる。

お互い、マネージャーに注意されると強くは出られない。

浮かしかけた腰をゆるゆると戻す。

「この作戦には、お前らふたりの協力が必要不可欠なの。『夕陽とやすみのコーコーセーラジオ！』パーソナリティふたりの力がな」

ため息まじりに加賀崎が言う。その迂遠な言い回しに、少しばかり興味が湧いた。

炎上を連想させるから、むしろふたりはいっしょにいない方がいい気がするのに。

聞く姿勢になったのがわかったのか、加賀崎はゆっくりと口を開く。

「裏営業疑惑の一件は言うまでもなく、ふたりにとって危機的状況だ。敵だって増えたろうさ。だけど、その中でもたったひとつだけ、強い味方が現れた」

加賀崎は人差し指を立てる。

しかし、由美子も千佳も、その味方とやらは思い当たらない。渋い表情を浮かべてしまう。

その様子に、加賀崎はふっと笑った。

「わからないか。ラジオだよ」

「……ラジオが、味方？」

「そう。お前らのラジオ番組、打ち切りが決まっていたのに、続投が決まったよな。なぜかといえば、あの出張版から聴取数が爆発的に伸びたからだ」

「……まぁ」

確かに、事実としてラジオは続いている。

以前に比べ、聴取数はかなり増えた。

「出張版で注目されたうえに、おふたりの歯に衣着せぬ会話が好評となり、今、実際に人気を集めています。新しいスタイルとして、ウケていますよね」

「まぁ……」

今度は千佳が気のない返事をする番だった。

一部の層にウケているのは事実だが、由美子たちからすれば、なぜ受け入れられているのかわからない。素でだらだらと話しているだけだからだ。

「どうあれ、受け入れられてるんだから乗っかるべきだ。これは足掛かりになる。コーコーセーラジオを始めとして、ふたりのイメージを一新する。歌種やすみはこれから、『気さくなギャル』として」

「夕暮夕陽は『地味っ子キャラ』として、売り出していくんです。過去の自分たちを忘れてもらい、今の姿を改めて認識してもらう。それができれば、マイナスイメージさえ払拭できれば、また仕事が戻ってくるはずなんです」

成瀬は拳をぎゅっと握りながら力説する。加賀崎も頷いていた。

「ちょっと待ってください。新たなキャラを作るってことですか。それでは、問題の繰り返しになる危険性がありませんか」

千佳が苦言を呈す。それに由美子も頷いた。

今問題になっているのは、キャラ作りをしていて裏の顔が露わになったこと。

なのに、同じことをやるのはどうなんだろうか。

千佳の問いに成瀬はぷるぷると首を振った。

「でも、歌種さんがギャルなのも、夕陽ちゃんの見た目が大人しいのも本当だよね？　それを強調するというか、売りにしていくの。キャラ作りってほど大げさなものじゃなくて」

「素のキャラを強調して売りにする声優はたくさんいるだろう？　お前らのキャラはウケている。それは武器だ。それを推していこうっていう話なんだ」

……そういうものだろうか？

確かに『〇〇が好き』といったような、本人の属性をキャラとして大きく使う声優はいる。

ただ、それを自分たちがやるとなると、何ともぴんとこない。

それが伝わったのか、成瀬は困ったような笑みを浮かべた。

「でも、それなら、ほら。夕陽ちゃんも好きなお話ができるよ？　て、『鉄のゴンドラ』？の話とか。ロボットが動くときの音が素晴らしい、っていう話も、わたしはわからないけど、わかる人はわかるんだろうし……」

「……ゴンドラ、じゃなくて、ゴルド・ラです。『鉄のゴルド・ラ』。……確かにわたしは音が素晴らしいという話はしますが、それはあくまで魅力のひとつであってすべてじゃありませんしもし話ができるのならまず真っ先にメカデザインの機密さを語りたいですいやまぁこれは話し始めたら止まらないので自重するとは思いますし何より変なツッコミを受けたら普通にイラつきそうなので控えますがそもそもわたしは語り合いたいわけではあぁそうだ成瀬さんそれに厳密にはゴルド・ラにはロボットは登場しませんあれは古代遺跡から発掘された――」

「わかった、わかったよ！　その方針でいいから！」

千佳の早口メカ語りが始まったので、慌てて止める。さっさと話を戻した。

あのラジオで出したキャラが、復活の足掛かり。

懐疑的にはなってしまう。けれど、彼女たちがそう言うのなら、そうなのだろう。

マネージャーを信用しなくては、仕事なんてできやしない。

「でも、具体的にあたしらって何すればいいの？　とにかくラジオでキャラ出してけーとか？」

由美子の問いに、加賀崎と成瀬は同時に何かを取り出した。

テーブルの上に、二冊のスケジュール帳が開かれる。今月来月のページだ。

由美子は目を見張る。

少し前まで空白ばかりのスケジュールだったのに、今はたくさんの番組名が連なっている。

しかし、それらはアニメやゲームの収録ではない。

「え、これラジオ……？　これもラジオ。これもラジオ……？　え、加賀崎さん。仕事がラジオのゲストばっかりなんだけど」

由美子も知っている番組から、全く知らない番組まで。

本当に多種多様な声優ラジオの番組名が並んでいる。

状況は千佳も同じなのか、由美子のスケジュールと見比べたりしていた。

「うん。あたしと成瀬さんの伝手を使って、いろんなラジオの仕事をもらってきた。これにふたりで出演して、素のキャラを強めに出していってほしい」

「とにかく露出を増やして、リスナーにおふたりの新しいキャラを『認識してもらう』。これが一番の目的です」

なるほど、と思う。

歌種やすみにも、夕暮夕陽にも、以前のイメージはまだまだ残っている。現状と過去が乖離しているため、嘘を吐いていた、という印象が強くなる。

しかし、新しいキャラクターが定着すれば。過去は過去のものだと認識してもらえれば。イメージは一新され、今の危機的状況から抜け出せる。

「露出……」

成瀬の言葉に、千佳は小さく呟いた。

千佳は露出を嫌っている。声の仕事に専念したい千佳からすれば、再び自分をキャラクターとして売っていくことに抵抗があるのかもしれない。

しかし、彼女は首を振る。

今はこだわっている場合じゃない、と気付いたのだろう。

ぺらり、と加賀崎がスケジュール帳をめくる。

「そのあとはイベントだ。こっちも数をこなしたい。まだハコを押さえてないから未定だけど、トークからミニライブから、とにかく客前に出ることを――」

「ちょ、ちょっと待ってよ、加賀崎さん。人前に出るのはまずいでしょ」

思わぬ方向に話が進みそうになり、慌てて止める。

ラジオはいい。『新しいキャラを認識してもらう』という考えも賛成だ。

しかし、イベントを行うのはどうだろうか。

「あたしも渡辺も、ファンから『騙された』って反感買ってるんでしょ。その状態で人前に出たら、それこそ炎上しちゃうよ。荒れちゃうって、絶対」

「……そうならなかったとしても、今のわたしたちに集客力があるとは思えません。イベントをしたとしても、人なんて来ないでしょう」

　ふたりして反論する。

　今の自分たちに、イベントを成功させる力があるとは思えない。

「そこで、わたしの出番です」

　第三者の声の介入に、はっとそちらに目を向ける。

　話に熱中していて、だれかが近付いていたことにぜんぜん気付かなかった。

　声の主は、穏やかな表情のお姉さんだ。

　可愛らしくも大人びた顔立ちに、腰まで伸びた艶のある髪。

　ネイビーのニットにキャラメル色のフィッシュテールスカートを合わせ、グレーのキャスケットがとても似合っている。雰囲気の良い、とても綺麗な女性だ。

「乙女姉さん！」

　由美子の声は自然と明るくなる。

　桜並木乙女。トリニティ所属の、今をときめく人気声優がそこにいた。

「おお、桜並木。悪かったな、忙しいのに呼び出して」

「いえいえ、かわいい後輩のためですから。ごめんね、やすみちゃん。ちょっと詰めて？」

　由美子の隣に腰を下ろし、きゅっきゅっと身体を寄せてくる。

花のような香りがふわりと舞った。

きらきらした目でぐっと顔を近付けてくる。

「ふたりとも、すごいイメチェンだね！　かわいいよ！　夕陽ちゃんは意外性があってとってもキュートだし、やすみちゃんはお嬢様学校の子みたいだねぇ。いいなぁ」

「え、そう？　そんなに？　えぇ、照れるなぁ」

「……あの。なぜ、桜並木さんがここに？」

向かいに座った千佳が、おそるおそる尋ねる。由美子も、それにあぁうん、と便乗した。

「会えて嬉しいけど、どうしたの姉さん。呼び出されたって言ってたけど」

「うん、そうなの。ふたりの力に、少しでもなれればって」

乙女はにこにこと笑う。

バトンを受け取ったのは成瀬だった。

「イベントへの不安はもっともです。夕陽ちゃんの人が来ないんじゃないか、歌種さんのイベントが荒れるんじゃないか。その懸念は桜並木さんが来てくれれば、どちらも解決します。桜並木さんの人気は絶大です。人を呼べるのはもちろん、抑制にも繋がります」

「本物のスターを前にしたら、ちっぽけな不満は吹っ飛ぶって話だ。だれだって好きな奴には嫌われたくないだろう。桜並木が見ているのに、わざわざお前たちに文句を言う奴が出てくるとは思えん」

……そういうものだろうか。

乙女を見る。彼女は照れた様子で、

「持ち上げすぎですよぅ」

と困ったように笑っていた。

確かに、彼女が隣にいるだけで空気が変わる。「炎上した奴には何を言ってもいい」という風潮を感じはするが、乙女の前ではそんな言葉も引っ込むかもしれない。

「桜並木さんが笑顔で手を振ってくれれば、一気に華やぎますし、見ている人は舞い上がりますからねー……。心配なのは、桜並木さんばかり見て、夕陽ちゃんたちの印象が残らないことですが」

「まぁそれならそれで。イベントをやるって行為自体が『何も気にしてませんよ』っていうアピールみたいなもんですし。そういうことだから、予定にはなかったが、ハートタルトの活動も積極的にやっていく。都合よくセカンドシングルの発売も近付いてるしな。ええと……」

加賀崎はスケジュール帳を見ながら、指折りをする。

「リリース前トークショー、リリイベ、お渡し会はやるだろ。特番もいくつか組む。実はラジオもいくつか断られてるんだが、ハートタルトとしてなら来てもいい、っていう番組もある。とにかく、いろんなところに顔を出してもらう」

……なんだか、すごいことになってきた。

桜並木乙女の人気に完全に乗っかっている。いや、それ自体は問題ではないのだ。おそらく、可能ならば最初からガッツリ乗っかりたかったんじゃないか、と思う。

それをしなかったのは、おそらく。

「……乙女姉さん、スケジュール大丈夫なの？」

乙女は多忙極まる人気声優だ。そんな彼女からこれだけの時間をもらうのは現実的ではなかった。緊急事態だからこそ、マネージャー陣がどうにか話をつけたんじゃないかと思う。

そして、その負担はすべて乙女にかかる。

「大丈夫！　ちょっときつい部分もあるけど、やすみちゃんと夕陽ちゃんのためだもん」

むん、と両手を上げる。

微笑ましい手ぶりとともに、その心意気は本当に嬉しい。

身体は大丈夫なのか、と心配にはなる。

けれど、それはマネージャー陣も乙女自身も承知しているんだろう。

そのうえで崖っぷちな由美子たちの手を、引いてくれようとしているのだ。

「……よし」

小声で小さく気合を入れる。

乙女たちがここまでしてくれるのだ、何とか這い上がらなくてはならない。

「ラジオの出演に関しては、桜並木さんの負担が少なくなるよう努力します。なので、おもに歌種さん、夕陽ちゃんの出演になりますね。様々な番組に出るので、混乱のないよう、きちんと番組とパーソナリティの情報を頭に入れておいてください」

成瀬がそう言いながら、資料を机の上に並べていく。

「一番近々の出演はこれですね」と指差した資料を見て、三人はそれぞれの反応を示した。

「げっ……。うーわ、マジかぁ……」

「……あぁ。なるほど。まぁ、うん」

「あ、めくるちゃんの番組だ！　この間、わたしもお邪魔したよ～」

歌種やすみと夕暮夕陽のイメージを一新するための、この活動。

最初の一歩、ゲストとして参加するラジオは『柚日咲めくるのくるくるメリーゴーランド』だった。

Yubisaki Mekuru's
KURUKURU Merry-go-round

「みなさーん、くるくるー。さてさて、今日のゲストさんのご紹介です、どうぞ！」

「みなさん、くるくる～。こんにちはー、歌種やすみです！」

「みなさん、くるくるー。夕暮夕陽です」

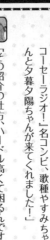

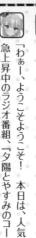

「わぁー、ようこそようこそ！　本日は、人気急上昇中のラジオ番組、『夕陽とやすみのコーコーセーラジオ！』名コンビ、歌種やすみちゃんと夕暮夕陽ちゃんが来てくれました！」

「その紹介の仕方、ハードル高くて困るんですけど……（笑）」

「事務所の先輩ということで、柚日咲さんには上手くおいしいところを頂けると思ってます。どうぞお手柔らかにお願いします」

「おお、なんだなんだ～。そっちもハードル上げてくるね～（笑）」

「夕陽ちゃんとは事務所がいっしょだから、もちろん何度もお話したことあるし、共演もあるんだけどー。やすみちゃんとはほとんど初対面だよね？」

「あー、そうですね。前に偶然、ちょっとだけお話したくらいで」

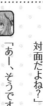

「あれは偶然だったね（笑）ニアミス自体はしてるんだけどねー。やすみちゃんがゲスト出演してた『にゃんこ部！』とか『ややや屋』とか、わたしも出てたからね～。やすみちゃんと夕陽ちゃんが初めて共演したのは、『紫色の空の下』だったよね？」

「……そうですね。姉妹役で出させてもらってます」

「そうだよね。次女が夕陽ちゃんで、三女がやすみちゃんで。今まで演じてきたキャラを考えると、どちらかといえば――」

「あ、そっか。やすみちゃんって、乙女ちゃんとも仲良いんだもんね。この前、乙女ちゃんも来てくれたんだよ。ガッツリ告知してた(笑)」

「あー、来てましたよね。その回、観てました(笑)」

「え、観てくれてたの!? ……あ、ごめん今普通にテンション上がっちゃった(笑)でも、今は夕陽ちゃんとも仲良いんだよね。ほら。お泊まり会したってラジオで言ってたじゃない?」

「……その話が柚日咲さんから出てきたことに大変驚きましたが。その話は、その、あんまり」

「え、仲が良くて微笑ましいエピソードだと思うけど……、またやらないの?」

「やらないです」

「やりたくないです」

「息はぴったりだと思うけどね?」

「あー……、どうしよ」

ついに来てしまった。

今日は『柚日咲めくるのくるくるメリーゴーランド』の収録日。

以前、あれだけのことを言われた柚日咲めくると、向かい合ってラジオを録る。

気が進むはずがない。

それに伴って、由美子にはもうひとつ抱えているものがあった。

だというのに、それが解決する前にもう放課後だ。時間はあったはずなのに。

「どしたん、由美子。今日は仕事？　の割には顔暗いけど」

「あぁ、若菜……、そうなんだよー」

前の席の若菜に言われ、由美子は机に突っ伏した。

若菜はそんな由美子の頭を撫でながら、どしたん、と再び訊いてくれる。

「若菜さー……、だれかといっしょに行きたい場所があるとき、その人になんて言う？」

「え？　……『いっしょに行かない？』」

「だよねー」

そうだ。それが答えだ。

わかっているはずなのに、その答えを選ぶことができない。

つい、ちらりとその人を見てしまう。

すると、その視線に気付いた若菜が「んふ」と笑って立ち上がった。

「どうやら、わたしゃ邪魔者のようですのぅ……。ふふふ、おしゃきに失礼するぞい」

「あー、ごめん、若菜。また明日ね」

物わかりのいい友人を見送り、さて、と由美子も帰り支度を整える。

さっきから様子を窺っている相手は、千佳だ。

彼女はだれかと話すこともなく、黙々と帰り支度を整えている。見た目こそ陽気なギャルだが、中身は一切変わっていない。

変装が成功してからというもの、由美子も千佳も、あのときの姿で学校に通っている。

今は千佳が自分でメイクをしているが、なかなか様になっていた。

ただ、本人は嫌そうにしているし、周りにも「触れるな」というオーラを醸し出している。

注目はされたが、だれも話しかけはしなかった。

千佳が席を立ち、廊下に出ていく。

「よし……」

おほん、と咳ばらいをしてから、彼女を追いかけた。

「わ、渡辺ー。今帰りー？」

笑顔を作りながら、隣に並ぶ。

普通の相手だったら、これで自然にいっしょに帰ることができただろう。

だが、相手はあの渡辺千佳だ。

「……帰る以外にないでしょう。何よ、へらへらして。お金でも貸してほしいの？」

これだ。

この可愛げのなさが、彼女の性根なのだ。

由美子が彼女の言い草に閉口していると、千佳はこれ見よがしにため息を吐く。

鞄から財布を取り出して、中に目を落とした。

「いくら？」

「い、いや違う違う。お金じゃない。ええと、その……。今日、収録日じゃん。柚日咲さんの」

「ええ、そうね。わたしはこのまま向かうけれど。それがどうかした？」

言いつつ、千佳は足を止めてしまう。

何か話があると思ったのだろう。だが、それは由美子の望む展開ではない。

理想では、このまま自然とスタジオに向かいたかった。

というか、普通そうなるだろ！

とはいえ、今までいっしょにスタジオに行ったことは数少ない。そのせいかもしれない。

由美子の気持ちは単純だ。

柚日咲めくると会うのが気まずい。

収録には多数のスタッフがいるので、前のように攻撃的な態度はないとは思う。けれど、何かしらを言ってくる可能性はあるし、こちらもヒートアップするかもしれない。

癪ではある。癪ではあるのだが。

そのとき、隣に千佳がいればある程度は安心できると思うのだ。

だから、隣にいてほしかった。

「……なに。どうしたっていうのよ」

言葉を繋げず、もじもじしている由美子に、千佳は怪訝な表情を浮かべている。

これでは、好きな男子を前にした少女のようだ。

しかし、非常に、ひっじょーに言いづらい文句ではあるのだ。

『ひとりで行くのは心細いので、いっしょに行ってください』だなんて。

「あのー……、あのね、渡辺。ええと……」

そこではっとする。

「あ！　ゆ、柚日咲さんのことを訊きたいんだけど、教えてくれない？　時間ないから、道すがらにでも！」

「とはいえ、わたしも柚日咲さんのことは詳しくないわよ。あまり接点ないもの」

「え、そうなの。同じ事務所なのに？　……あぁ、そっか。渡辺って、そうだよなぁ。学校でも事務所でもひとりぼっちかぁ。根暗こじらせすぎじゃないの。哀れが過ぎる」

「出たわ。あなたのそういうところ、本当に嫌い。人に訊いておいて、随分な物言いね。だから群れる奴らって嫌いなのよ。ひとりで何もできないくせに偉そうだから。あなたたち、排せつ行為もみんなでやろうとするものね」

「いっしょにトイレ行くことをそんな言い方するかね。コンプレックスが見え隠れしてるんだけど？　悪い言い方して自尊心保とうとしてない？　あの手この手で自分守ろうとするのはいいけどさ、余計哀れになるだけだよ」

「そうね。哀れだわ。ギャルの格好してわかったけど、本当に頭がおかしくなったように思えるものね。確かに今のわたしは哀れかも」

「あぁそう？　共感してくれてありがと。あたしはあんたみたいな根暗な格好、絶対にやらないから一生共感できないけどね」

電車に揺られながら、バチバチとした言葉を交わしあう。

そのままヒートアップしそうなところだが、由美子は努めてブレーキを掛けた。

今は喧嘩をしている場合ではないのだ。

「あー、じゃあ柚日咲さんに何か言われた、とかない？　ほら、炎上のこととか。どう？」

探りを入れる。

もしかしたら千佳も同じように、強い文句を言われているかもしれない、と思ったのだ。

「そもそも会ってないもの。仕事もかぶってないし、事務所でも顔を合わせないし」

しかし、答えは空振りだ。

どうやら情報は増えないかも……、と考えていると、千佳が「ただ、まぁ」と続けた。

「少なくとも、元々好かれてはいないわ。露骨に態度には出さないけど、面白くないだろうな、とは思う。そこは仕方がないとは思うけれど」

「あぁそれは、まぁ……」

由美子にも身に覚えがあって、微妙な表情を浮かべた。

夕暮夕陽は二年目だが、一年目からガンガン仕事を取っていたし、若手の中では群を抜いて売れている。売れっ子声優の道を歩み始めていた。

事務所の後輩が活躍するのを見て、素直に喜んであげられる若手はそう多くない。

心か仕事に余裕のある人だけだ。

由美子でさえ、『プラスチックガールズ』で忙しくしていたとき、売れていない先輩から「あの子は加賀崎さんだから。運がいいだけ」なんて陰口を叩かれたものだった。

その先輩ももう、とっくにいないけれど。

「結局、柚日咲さんのことはわからず仕舞いかぁ……」

かしかしと頭をかく。

口実とはいえ、めくるのことが少しでもわかれば、対策になるかもと期待していたのに。

そうは言いつつも、先ほどまでの不安は消えている。

隣に千佳がいてくれるのなら、まぁ、何とかなるだろう。

そんなことを考えながら千佳を見ると、その視線をどう誤解したのか、彼女は肩を竦めた。

「わたしもあなたも、相手によってしゃべりを変えられるほど器用じゃないでしょう。今回は課題だってあるんだし」

「課題……、あぁ新しいキャラのこと？」

小さく頷く。

加賀崎たちからの「素の自分たちを強調していけ」、という指示。

そうだ、それもあった。

めくるに気を取られてばかりじゃなく、その指示も意識しなければならない。

「せっかく加賀崎さんたちが考えてくれたんだもんね。しっかりやらなきゃ」

「ええ。これ以上、心配かけたくないし。頑張らなきゃって思うわ」

そう言ったきり、黙り込む。

頭の中で一生懸命、自分の素を強調する方法を考えていた。

どういうふうに話していくのか、どう受け答えしていくのか、普段の自分を意識して――。

ふたりの発言は前向きなものだったし、考えていることだってそうだ。そのはずだ。

だというのに、電車の窓に映ったふたりの表情は、どこか暗い色を帯びていた。

『柚日咲めくるのくるくるメリーゴーランド』は動画付きで配信されている。

さすがに制服で出るわけにはいかないし、変装だって解かなければならない。

それぞれ準備をしてからスタジオ前で合流する。

「あれ、渡辺。あんた、そっちでいくの？」

合流して驚いた。てっきり、夕暮夕陽の姿で来ると思っていたのに。

長い前髪はそのままで、メイクは落としてすっぴんだ。グレーのパーカーに黒のパンツというラフな格好で、以前の夕暮夕陽としては考えられない姿だった。

さすがにちょっと動揺する。

「いや、渡辺……。いくらアイドル声優やめたからってさ、さすがに楽しすぎじゃない……？」

おそるおそる伝えると、彼女はむすっとしながら答えた。

「人前に出るんだもの。わたしだって、人様に見せられる程度には身なりを整えたかったわよ」

「その気持ちがあるなら、なんで普段と変わらない格好してんの」

「素のキャラを出していくんでしょう。わたしは地味な見た目でなければいけない。だから、何もせずにこのまま来たの」

目を逸らしながら、不本意そうに言う。

どうやら、彼女は今のキャラを守るためにあえて容姿を整えなかったらしい。

それもまた、キャラを維持するための努力なんだろうか。

しかし、せっかく綺麗な顔をしているのにもったいない気が……。何より、あの顔が見られないのはあまりにも……。それに、全く意識しないのはそれはそれで……。

「……いや、渡辺。あとでちょっと髪直そう。地味子って言っても、やりようあるからさ。あたしがやったげるから」

「ん……」

由美子が提案すると、素直に頷く。彼女も思うところはあったようだ。

「というか、お姉ちゃんが普段からもうちょっと気を遣えばいいような気もするけど」

「わたしから言わせれば、学校来るだけで気合を入れる方が不可解だけど。それより」

今度は千佳がじろじろと由美子の姿を見る番だった。

「あなたはそっちの姿で来るのね……。まぁ、キャラを守るのならそうなのかしらね……」

千佳は千佳で、由美子の容姿に微妙な表情を浮かべている。

久しぶりの派手なメイクに、チェック柄のジャケットと同じ柄のショートパンツ、白いニット。髪だってゆるく巻いた。歌種やすみとして、こんな格好は一度もしたことがない。

「迷ったんだけどね……。でも、ほら。あたしはギャルだしさ」

本音を言えば、以前の歌種やすみでいく方がいい気はする。

今と以前じゃ見た目が違いすぎる。それに、あれはあれで自分なりのオシャレだ。

見慣れない格好で出るよりは、いつものかわいい感じでいった方がいいのではないか。

そう思ったものの、ギャルでいくと言われている。以前のイメージを払拭するためにも、きちんとギャルっぽい格好で来たのだ。

「ふうん」

千佳の視線はどこかもの言いたげだ。

「なに？」

「べつに」

それだけ言い残し、さっさとスタジオに入ってしまう。

番組のスタッフたちに挨拶したあと、ディレクターにブース内で待っているように言われた。

「作家も柚日咲さんもすぐ来ると思うから。そのあとに打ち合わせしましょう」

そう言って、ブースから出ていく。

動画付きの番組ではあるが、ブースは普段と変わらない。

机の上には椅子と同じ数のマイク、カフが並んでいる。

ブースの隅にはカメラが設置してある。位置はあとで調整するのだろう。

おそらく、自分たちゲストは横並びで座り、向かいにめくるが座る……、と予想して椅子に腰かけた。

先ほど台本を手渡されたので、確認しておこう、と目線を下げたところで声が届く。

「よろしくお願いしますー」

調整室に、にこやかに挨拶をするめくるの姿があった。

緊張が走る。

そのままブース内に入ってきたので、立ち上がって挨拶をしたのだが……。

「……はあ」

露骨に嫌そうな顔をされ、ため息までこぼす。

期待していたわけではないが、友好的な態度は見られなかった。

めくるは可愛らしい顔には似合わない、憎々しげな表情で扉を閉める。

すとん、と椅子に腰かけてから、カフに手を伸ばした。慣れた様子でマイクを切る。

何のためか。

自分の声をマイクに拾わせないためだ。

今は聴こえていないだけで、マイクがオンのままでは調整室の操作次第でスタッフに声が届いてしまう。それを避けたかったのだろう。わざわざ扉を閉めたのもそれが理由だ。

めくるは今から、人に聞かれたくない話をする。

案の定、攻撃的な言葉が彼女から飛び出してきた。

「いくら事務所の後輩だからって、尻拭いに巻き込まれるとは思わなかったわ。本当、迷惑なことしてくれるよね。あんたらに近付かれるだけで営業妨害なんだけど。ほかのラジオにもバンバン迷惑かけにいくんでしょ？　歩く公害って感じよね」

ぎろりと睨まれる。

しかし、由美子の怒りがすぐに沸騰することはなかった。

悪意のある発言だとは思う。言葉を選んでくれとも思う。

けれど、めくるは間違ったことは言っていない。

尻拭いなのも周りに迷惑をかけているのも、その通りだからだ。

「……ほかのラジオ、って。柚日咲さん、成瀬さんから聞いてるんですか？」

千佳が様子を窺いながら尋ねる。

イメージ一新のため、たくさんのラジオ番組に出演予定なのは事実だ。

しかし、成瀬がわざわざめくるに伝えたのだろうか。

めくるは腕を組むと、呆れたように鼻を鳴らす。

「自分とこのラジオであんだけ『どこどこのラジオ行きます！』って告知してたくせに、何言ってんの」

そういうことらしい。

しかし、めくるがコーコーセーラジオを聴いているのは意外だ。

やはり、ゲストの情報はある程度予習しておくものなのだろうか。

驚いている由美子を尻目に、めくるは苛立たしげに机を指で叩く。

「仕事だからやるけど、これ以上人に迷惑かけないでよ。あんたら、自分らの素が割れてるからってほかの声優やわたしの素を暴露しようとしたら、張り倒すからね。収録止めるから」

「しませんよ、そんなこと」

むっとして言い返す。いくらなんでも、そこまで短絡的ではない。

「どうだか。思慮の浅さはとっくに露呈してるんだから。何やってもおかしくないでしょうよ」

返す言葉がいちいち刺々しい。

めくるの言い草はかちんとくるが、何とか由美子は熱くならずに済んでいる。

隣にいるすぐにカッカする奴が、今日は大人しくしているから、というのが大きい。

正直、ちょっとハラハラしている。

千佳は台本に目を落とし、あまり会話を聞かないようにしていた。

めくるは直属の先輩だし、さすがに気を付けているのかもしれない。

けれど、千佳のことだ。いつ爆発してもおかしくないし、自分自身も耐えられる自信がない。

由美子は勇気を出して、かねてからの疑問を口にした。

「あの、柚日咲さん。前から思ってたんですけど、なんでそんなに、その。あたしらに攻撃的なんですか。理由が知りたいんですけど」

その言葉に、めくるは目を細める。こちらの顔をまっすぐに見て、静かに言い放った。

「嫌いだから。あんたらみたいに生半可な気持ちで仕事する奴らが、一番腹立つ。嫌い」

「そんな言い方……。仕事は、真面目にやっているつもりですけど」

「それがこの状況でしょ？　何言ってんの？」

せせら笑いながら、めくるはこちらに指を向ける。

「ことさら自分たちのキャラを強調して、事後処理で人のラジオに擦り寄ってる奴らが、ちゃんと？　真面目に？　本気で言ってんのそれ」

「それは……、関係ないでしょう。あんなことがなければ、あたしたちだって」

「そこだよ」

めくるは険のある声で割って入る。

キッと睨みつけながら、声には怒気を含ませていた。

「そこが一番気に食わない。どうせあんたら、自分たちのことを可哀想な被害者だと思ってんでしょ？　だから当事者意識が薄いの。自覚できてないの。いつまでふわふわしてんの？　きちんと現状把握してないくせに、真面目に仕事やってるとか言うな」

強い口調で言われてしまう。

しかし、その言葉には困惑する。千佳もさすがに眉をひそめていた。

いくら何でも見過ごせず、由美子はめくるの目を見て言い返した。

「待ってくださいよ。あたしはともかく、わたな――ユウは純粋な被害者でしょう」

今度はめくるが眉をひそめる番だった。目つきがすっと鋭くなる。

「何度も言わせんな。あんたらは加害者だよ。少なくともファンにとってはね。アイドル声優やってるくせに、ファンの夢を壊すのは許されないでしょ。あんな事件があろうとなかろうと、それは絶対にやっちゃいけない。死ぬ気でファンの夢を守れよ。何があろうと夢は壊すなよ。最後まで夢を見せる責任が持てないなら、アイドル声優なんかやるなよ。真面目にやってるほかの人に迷惑だし、失礼でしょうが」

熱のこもった口調で彼女は言う。

その言葉は予想外であり、さらなる困惑を誘発した。

彼女なりの仕事論があるからこそ、自分たちはここまで嫌われている。らしい。

とはいえ、彼女は無茶なことを言っている。

「だから、あんな事件が起きなかったら、こんなことにはなりませんでしたよ。好きでやめたわけじゃない」

「それは対応を間違えただけでしょ。いくらでもやりようがあった。裏の顔を晒すのが最善だなんて、そんなわけない。実際、事務所側だってアイドル声優を続ける方針だった。何も考えずに楽な道に逃げたから、今こうなってるんでしょ。そこにプロ意識がないって言ってるの」

「それ、は」

めくるの強い言葉に口ごもる。熱量の差もあり、彼女の文言には説得力があった。

何より、由美子は最善の道を取ったとは言い難い。

それを察したのか、めくるは意地の悪い笑みを浮かべた。

「そういう意味では、あんたが一番甘っちょろいよ、歌種やすみ。せっかく夕暮がかばってくれたのに、自分から夢を壊した。あんたの自己陶酔のせいで、どれだけの人が傷付いた？　あんたひとりが満足するために、いろんな人に迷惑をかけた。応援してくれる人たちを敵に回した。そんなあんたのどこに、プロ意識を感じろっていうの？」

矢継ぎ早に飛んでくる言葉は、すべて胸に刺さって痛みを発する。

自分はファンを傷付けた。それは間違いなく事実だ。

自分ひとりが暴走したという自覚もある。確かにあの姿は、プロとはとても言い難い。

唇を噛む。拳を握る。

言い返せなかった。感情的になるどころか、冷や水をかけられた思いだ。

やはり自分は間違っていたんじゃないかと。

思い知ることになった。

「――――――ちっ」

舌打ちが響く。

空気がさらに重くなる。

由美子もめくるもそちらを見た。

そこには、獰猛な目つきでめくるを睨みつける、千佳の姿があった。

「──外野がぴぃぴぃ言うのやめてくれませんか。何が間違いですか。たられればを語って悦に入るなんて、随分と品のないことをしますね。先輩面したいなら、事務所通してくれます？」

「……はぁん。綺麗に謳うじゃない。あんた、そんな顔できんのね。正論言われて怒った？　金の卵だったときならともかく、今のあんたに睨まれても凄味はないんだけどね？」

千佳に真っ向から睨まれても、めくるはどこ吹く風だ。面白がるように笑い、軽快に言葉を返していた。

さらに千佳が何か言い返そうとしたところで──、扉が開く。

「なんだい、君たちはどこにいてもバチバチしてるねえ」

聞き覚えのある声が耳に届く。

そこにいるのは、スウェット姿に冷えピタを付けた、ぼさぼさ頭の女性だった。

「え、朝加ちゃん？」

驚いて立ち上がる。彼女は気の抜けた笑みでひらひらと手を振った。

「なんで朝加ちゃんがここに？」

「なんでも何も、この番組の作家はわたしだもの」

……知らなかった。

そうとわかっていたなら、朝加に話を聞いたのに。

見知った顔を見てほっとすると同時に、疑問が湧く。朝加の発言だ。扉は閉まっていたはずなのに、なんでブース内が険悪だとわかったのだろう。

朝加が苦笑いで調整室を指差す。

ディレクターたちが心配そうにこちらを見ていた。そこで気付く。めくるが切ったのは自分のマイクだけで、由美子たちのマイクは音声を拾っている。

たぶん、めくるはそれもわかっているのだろう。

何でもありませんよ～、とばかりに調整室に笑顔で手を振っていた。

「さー、じゃ打ち合わせやろっか」

朝加がそう切り出すと、険悪な空気が薄れていく。

めくるは自然な笑顔で朝加と話し始めたし、朝加も慣れた様子で言葉を返していたからだ。

由美子と千佳だけがぎこちないまま、打ち合わせが進んでいく。

収録が終わった。

「…………………」

額を指でぐりぐりしながら、台本に目を落とす。

……上手いなぁ。

めくるの腕に舌を巻く。

たくさん番組を抱え、周りからしゃべりを評価されているだけある。

丁寧に進行をこなしたうえで、しっかりと笑いを取っていた。楽しい番組に仕上がっている。

収録前にあれだけ言い争ったにも関わらず、思わず笑ってしまったほどだ。

あざとくない程度に可愛らしいしゃべりを挟むのも上手かった。

そして何より、その知識量がすごい。

めくるが朝加と話しているのをいいことに、そっと彼女の台本を盗み見る。

「……あれ」

しかし、そこに大したメモ書きはなかった。量も由美子と変わらないくらいだ。

それにしては、随分と歌種やすみと夕暮夕陽に詳しかったように思う。

「そんなことまで知っているのか」と驚いたのも、一度や二度ではない。

乙女がゲストのときもその傾向が強かった。

てっきり資料やメモ書きを持ち込んでいるのかと思ったが、その様子もない。

めくるのことは嫌いだ。

大嫌いだ。

けれど、学ぶところがあるのも事実だった。

「あの、柚日咲さん。ゲストの情報って、もしかして全部暗記してるんですか？」

考えてもわからないので、本人に尋ねる。千佳が少しだけ緊張したのがわかった。

「うるさい。わたしに興味を持つな」

こちらの顔さえ見ず、ぴしゃりと言われてしまう。

それなりに友好的な態度を取ったつもりだったが、取りつく島もない。

結構むかつく。

しかし、色々と訊いておきたい。彼女の話術はそれだけ魅力的だ。

「あたしらにもめちゃくちゃ詳しかったですけど、普段からアンテナ張ってるとか？」

「そうね」

「ラジオも聴いてくれてたみたいですし」

「まぁ」

「こういうのって、ゲスト決まってから予習するんですか？」

「かもね」

「あたしらのラジオにも、何かアドバイスもらえませんか？」

「ない」

「どうやったら、柚日咲さんみたいに上手く話せるようになりますか」

「さぁ」

……本当に、取りつく島もない。

思わず、朝加に視線で助けを求める。

しかし、彼女はそっと目を逸らすばかりで、助け船を出してくれそうになかった。

「それでは、お先に失礼します。ありがとうございました」

きっちり朝加にだけ挨拶をして、めくるは席を立つ。

その背中に、由美子は声を掛ける。

「柚日咲さん、このあとご飯でも行きませんか」

千佳がぎょっとするのがわかった。

さすがにめくるも足を止めた。その背中が戸惑っている……、ように見える。

しかし、彼女はわずかに顔をこちらに向けると、感情のない声で答えた。

「……酒も飲めないガキとご飯？　冗談でしょ」

「お酒飲める年齢なら、行ってくれたんですか？」

由美子の返答に、呆れてものも言えない、とばかりにため息を漏らすと、そのままブースから出て行ってしまった。

ふぅ、と息を吐く。

すると、千佳が無遠慮にこちらをじろじろと見つめていた。

「……びっくりしたわ。あれだけコテンパンに言われたのに、よく誘えるわね。そういう趣味？」

「人をマゾみたいに言わないでくれる？　別に気持ちよくなってないから」

「じゃあなぜ？　てっきり、柚日咲さんのことは嫌いだとばかり」

「嫌いだよ、当たり前でしょ。思い出すだけでも腹立つ」

口を曲げて答える。すると、不思議そうに千佳は首を傾げた。

「なら、どうして？」

「……あの人のことは嫌いだけど、あの人なりの意見があるわけじゃん。それでぶつかってるだけというか。嫌いだから拒絶して終わり、じゃなくて、ちゃんと嫌うのはもう少し話を聞いてからでもいいと思うんだよ」

思っていたことを口にする。少なくとも、もっと腰を据えて話をするべきだと思う。

由美子の返事に、千佳は目を丸くしていた。

そして、その目が徐々に怪訝なものに変わっていく。

「……陽の者特有の勘違いだと思うけれど。あなたたち、外で肉食べて踊れば全員マイフレンドレッツパーティ、みたいな狂った価値観しているじゃない。自分が楽しいから相手も楽しい、って考え方、本当に愚かだからやめたほうがいいと思うわ」

「言いたい放題言ってくれるな……。あんたたちみたいな陰の者は、そこでシャッター閉めて人をバカにしながらぼっち飯するからダメなんでしょ。みんなで楽しくご飯食べて、楽しいからお誘いしてんの。悪意ある曲解やめてくんない？」

「本当合わないわね」

「合わなくてもいいけどね」

そんなやりとりを交わしたあと、朝加に顔を向ける。

「朝加ちゃんもさぁ。あたしが無下にされてるの、可哀想だと思わなかった？　少しは助けてくれてもいいじゃん」

由美子が冗談めかして唇を尖らせると、朝加は苦笑いで肩を竦める。

「勘弁してよ。この番組のパーソナリティはめくるちゃんなんだから。彼女が嫌がってるなら、わたしは手伝えないよ」

「……あれってやっぱ嫌がってるのかなぁ」

机にもたれかかって、うーんと唸る。

千佳が呆れたような口調で返した。

「嫌がっているでしょう。人の感情の機微もわからなくなったの？」

「あんたに人の気持ちを説かれるとはね。いや、ちょっとね。柚日咲さんのあれって、なんか気になるというか」

由美子は人差し指を持ち上げ、それを振りながら答える。

「渡辺はさ、こう、染みついた暗い性根？　根っからの陰鬱な感じ？　それが人を寄せ付けない、生まれながらの天然の壁って感じなんだけど。柚日咲さんの壁は、意識して作った感じがするんだよね」

「何で今の説明、わたしの悪口の方が多いの」

千佳の文句を無視して、朝加に問いかける。

「ねぇ朝加ちゃん。柚日咲さんって、普段からほかの声優にもあんな感じなの？」

「あんな感じって？」

「すごい攻撃的とか、態度悪いとか」

「いや、ぜんぜん。普段のめくるちゃんは、どっちかっていうと事務的で淡泊かな。愛想はいいから、嫌な感じはしないけどね」

……また意外な印象だ。

由美子が接するめくるとも、メディアで観るめくるとも違う。

「わたしが事務所で会うときも、そんな感じでしたね。会った回数が少ないですし、今ではぜんぜん違う態度ですが」

千佳が補足する。

「なら、なんであたしらにだけ、あんな態度なんだろう」

当然出てくる疑問に、朝加は少しだけ言いづらそうにしながら、ぼそりと答えた。

「……たまーに、仕事の態度がなってない後輩には、怒ることもあるらしいね。わたしも直接見たわけじゃないけど」

……そういうことらしい。

　仕事の態度がなってない、と言われるのは立腹するが、めくるからするとそうなのだろう。

　ため息が出る。

　自分たちはわかり合える日が来るんだろうか。ちょっと自信がなくなってきた。

　そもそも、あちらに歩み寄る姿勢がかけらもない。

　そんな由美子を見て、朝加が「まぁまぁ」と笑う。

「フォロー入れるわけじゃないけど、ご飯に関してはやすみちゃんじゃなくても、断られてたと思うよ。あの子がほかの声優と遊んだって話は、聞いたことないもの。それこそ、乙女ちゃんも断られていたし」

「え、そうなの？　声優の友達多そうなのに」

「仕事は仕事、って割り切ってるんじゃない？　例外は花火ちゃんだけかな。あのふたりはべったりだけど、ほかの子は話にも出ないし」

　なんだか、話を聞いてより実態が掴めなくなってきた。

　花火ちゃん、とは『めくると花火の私たち同期ですけど？』の相方パーソナリティの夜祭花火のことだろう。

　確かに、ラジオ内での彼女たちは仲が良さそうだった。

　それ以外の友人がいないとなると、よりめくるの壁が意識して作られたものに感じる。

　けれど、彼女が座っていた椅子を見ても、一向に答えは出てこなかった。

『紫色の空の下』。

主演を桜並木乙女が務め、準主役を夕暮夕陽、歌種やすみが担うヒロインアニメだ。

秋に放送を開始したが、収録は最終回付近まで進んでいる。

今日も収録があるので、学校帰りにそのままスタジオに向かった。

「よろしくお願いしますー」

スタッフたちに声を掛ける。

すっかり顔なじみになった彼らは、由美子を見た途端にぱっと顔を明るくさせた。

「あー、歌種さん。今日もよろしくね」

「やすみちゃんのその真面目っ子、なんだか見慣れちゃったわねえ」

アフレコまで間があるので、そんな挨拶からしばし談笑していた。

そして、機を見て訊きたかったことをおそるおそる尋ねる。

「あの、あたしとユウって前に事件起こしたじゃないですか。あれで、番組に影響とか出てないですかね……？」

何しろ、メインキャストふたりのスキャンダルだ。由美子たちやラジオはもちろんのこと、こういう番組にも迷惑がかかっているのではないか、と心配だった。

しかし、スタッフたちは由美子の問いに笑い声で返してくれる。

「ないない、大丈夫だよ。気にしなくていいってば、そんなこと」

「たとえあったとしてもさ、声優の評判なんて作品のクオリティに関係ないわけでしょ？　それを覆せなかったスタッフの責任だからさ。歌種さんたちの気にすることじゃないって」

そんなふうに励ましてくれた。スタッフたちの温かい言葉にほっとする。

収録自体も、滞りなく進んだ。収録中の空気だっていい。

ほかの声優陣も心配こそしてくれるものの、めくるのようなことはだれも言わなかった。

「一旦、休憩いれまーす」

調整室からそう言われ、ブース内の空気が一気に弛緩する。

身体を動かし始める人や、咳ばらいをする人、台本を確認する人がいる中、由美子はトイレのためにその場を離れる。

廊下に出たところで、話し声に気付いた。

隅の方でこそこそと話しているのは、番組プロデューサーと宣伝プロデューサーだ。

ぴんと来てしまい、そっと隠れる。彼らの会話に聞き耳を立てた。

「ここらで一回、特番やらでもうワンプッシュしたいところなんだよねぇ」

「ですねぇ。せっかく桜並木さん使ってるんだし。いいじゃないですか、振り返りスペシャルとかで、声優さんたちにトークしてもらえば」

「うーん、でもほら。歌種さんと夕暮さんがね。ちょっとやらかし入ってるじゃん。あんまり表に立ってもらうのはさぁ。変なこと言われても困るでしょ？」

「それはわかりますけど……、でも、桜並木さんひとりで特番ってのも……」

「ほかの声優さんで固めたらダメかな？　何人か来てもらってさ」

「メインキャストふたり外すってのも露骨すぎません？　それに事務所からはあのふたりを積極的に使ってくれ、って言われてますし」

「それはわかるし、使ってあげたいって俺も思うよ？　でも現実的に考えてさぁ……」

そこまで聞いたあたりで、由美子はその場をそっと離れた。

トイレから戻って間もなく休憩が終わり、由美子は台本を持ってマイクの前に立つ。

「……佐藤。どうかしたの？」

台本をめくっていると、隣に立つ千佳にそう問われた。怪訝そうにこちらを覗き込んでいる。

「なにが？」

「なにがって……」

千佳は何か言いたげだったが、調整室から指示が入る。慌てて、マイクに向き直った。

収録が再開する。

モニターに未完成の映像が映し出される。ラフな下書きは動きはしないが、タイマーが忙しなく回っていた。引き締まった空気の中、声優の声だけが響き始める。

ハル役の乙女と、ナツ役の千佳。ふたりが表情を変えながら、声を吹き込んでいく。

「ハルちゃーん！　コーヒー淹れるけどハルちゃんも飲むー？」

「あ、淹れてくれるの？　ありがとー、ほしいほしい」

「はーい。わたしはコーヒーだけど、ハルちゃんどうする？　紅茶もあるよ！」

「え、どうしようかな……。どっちがいいと思う？」

「知らないよ。好きにしなよ」

――千佳のその穏やかな声に、ため息を吐きそうになる。

台本には「知らないよ。好きにしなよ」というセリフにト書きで「呆れたように笑いながら」と書かれている。

正直、このセリフを見たとき、素っ気ないというか、ちょっと冷たい感じがした。

けれど、今の千佳の声はやわらかく、ぽかぽかとした印象を与える。思わず笑ってしまった、という感じの含み笑いで、それはとてもやさしい声色だった。

千佳の演じる西園寺ナツは、姉に対して強烈な劣等感を持っていた。

しかし、最終回付近では、彼女たちのわだかまりはなくなっている。

今の会話ものどかな一家でのワンシーンだ。

ナツが姉に抱えていたものがなくなり、実に自然に、穏やかに話しかけている。その声で「あぁ本当に大丈夫なんだな」と思わせる、メッセージ性のある声だった。

モニターには未完成の映像しかないのに、静かに笑うナツの姿が浮かび上がる。

「あ、ナツお姉ちゃんもハルお姉ちゃんもズルい。アキにもちょうだい」

由美子も参加する。タイマーに合わせて、声を発した。

何度も何度も練習して、アキのことを四六時中考えて、何とか少しでもいい演技にしたくて、そうしてから今、ようやく声を吹き込んでいる。

……自分は、千佳のような演技ができているだろうか？

心を奪えるような演技ができているだろうか？

いや、答えは出ている。

今の自分では、夕暮夕陽には到底敵わない。演技の技術は数段も上をいかれている。

遠くに佇む背中を見つめて、あぁ負けたくない、と思う。追いつきたいと思う。

もっと上手くなりたい。

演技も、歌も、それ以外ももっともっと。

それでいつか、自分の演技で千佳の心を奪ってやりたい。

声を吹き込みながら、いつかきっと、という想いが充実する。

しかし、それと同時に、やるせない気持ちでいっぱいになる。

夕暮夕陽はこんなにもいい演技をするのに。あんなにもいい声を持っているのに。

こんなにも嫌いでも、気を抜けば憧れてしまうっていうのに。

なんで、あんなつまらないことで演技する場を奪われなくちゃいけないんだろう。


「やすみちゃん、ちょっといーい？」

収録が無事に終わり、廊下に出たところで乙女に声を掛けられた。

おや、と思う。普段なら、ぱたぱたと挨拶して次の現場に向かっているからだ。

「ん。あたしはいいけど、姉さんは大丈夫なの？」

「う、うん。すぐ出なきゃだから、ちょっとだけ。やすみちゃん、大丈夫？　何かあった？」

「…………」

どうやら、見抜かれていたらしい。

ほかのスタッフには何も言われてないから、バレてないと思ったのに。

髪をいじりながら、ぼそぼそと答える。

「う、うーん。そだね。例の裏営業疑惑の件とかで、いろいろあって。なんだかなぁって」

そう言いながら、はっと思い出す。

ごまかそうとしたわけじゃないが、慌ててその話を引っ張り出した。

「そうだ、姉さん……！　姉さんもネットで何か言われてるんでしょ？　あたしらとユニット組んでるせいで、乙女姉さんまで裏があると思われてるって」

以前、めくるに言われたことだ。

裏のあった炎上声優ふたりに挟まれているせいで、ネットではそんなことを言われているらしい。完全な風評被害だ。

「姉さんほど、裏のない声優もいないっていうのに。本当にごめん」

「そんなことになってるの？　でもネットで言われてるだけでしょ？　気にしなくていいよ」

乙女はほわほわと微笑む。

しかし、その表情がすぐに曇った。

周りにだれもいないことを確認してから、そっと顔を近付けてくる。

「それにね、やすみちゃん。わたしにだって裏くらいあるよ。絶対言えないような裏の顔がね」

「えぇ？　姉さんに……？　冗談でしょ？」

半信半疑で言葉を返す。

すると、彼女はふるふると首を振ってから、さらに顔を近付けてきた。

「……やすみちゃんになら教えてもいい。わたしの裏の顔。でも、内緒にできる？　ファンの人に知られちゃったら、絶対に幻滅されるようなことなんだけど」

「わ、わかった。絶対言わない」

由美子が言うと、乙女はゆっくりと頷く。

真剣な面持ちで、とうとうと語った。

「わたしね、お散歩が趣味なの。だから、お休みの日はお散歩してます、って言ってるのね」

「う、うん。知ってる。プロフィール見たことあるし、いっしょに散歩したこともあるし」

「でもね、今のお休みの過ごし方は——、寝てるの。ずっと。お腹すいたら起きて、ご飯。そのご飯もネットで注文して届けてもらうの。家から一歩も出ずに、ただただ家で好きなご飯を好きなだけ食べて……、眠くなったら寝て。お酒も飲んで。ずっとパジャマでお休みが終わり」

「うん……、うん？」

「せっかくのお休みだから、外に出た方がいいっていうのはわかってるの！　お散歩もしたいの！　でも、家で信じられないほど自堕落に過ごすのも、楽しいと思っちゃってて……。幸せを感じちゃって……、なんて、なんてダメな人なんだろう、って……！」

手をわなわなと震わせながら、乙女は言う。

彼女のことだから、本気で言っているのだろう。

確かに、乙女に幻想を抱いている人からすれば、そんな生活は幻滅するかもしれない……？

「ふふっ」

「！　いや、やすみちゃん！　笑いごとじゃなくて……、あの、本当にこれ言わないでね……？」

思わず笑ってしまった由美子に、乙女は一生懸命、口に人差し指を当てている。

その姿がおかしくて、しばらく笑ってしまった。

乙女は由美子がなぜツボに入ったのかわからないようだったが、やがて穏やかな表情に戻る。

「やすみちゃん」

「うん？」

乙女は喉に手を当てて、ん、んん、と咳ばらいを繰り返したあと、おもむろに口を開いた。

「『雫はあんなひどいイタズラをしたんだもの。今日のおやつは抜きってことで』」

突然変わった声色に面喰らう。

声だけじゃなく、彼女は腕組みをして、つんとそっぽを向くようなポーズをしていた。

乙女が言ったのは、『とらべる★ういんたーず』に登場する氷室凜というキャラクターのセリフだ。由美子と初めて共演したときに、乙女の演じたキャラである。

なぜ今、凜のセリフを？　と思いつつも、由美子が返す言葉はひとつしかない。

「『そりゃないっすよ、姉さぁん！　冗談もほどほどに……、ちょ、ちょっと姉さんってばぁ！』」

久しぶりだから不安だったが、案外すんなりとキャラの声が出た。

懐かしいやりとりをしたあと、顔を見合わせてくすりと笑う。

そうしてから、乙女は静かに口を開いた。

「正直言うとね、やすみちゃんがわたしを姉さんって呼んでくれたとき、嬉しかったんだ。本当に凜と雫の関係みたいで。お姉さんとして、先輩として、しっかりしなきゃって思った。だからね、やすみちゃん。何でも相談してほしいな。わたしはあなたのお姉さんなんだから」

「乙女姉さん……」

彼女の穏やかな声に、心が揺れる。

そんなふうに思ってくれているなんて、と胸がきゅうっとする。

乙女に隠し事をするつもりはなかった。けれど、遠慮はしていたと思う。彼女は多忙な人気声優だ。あまり負担を掛けたくなかった。

けれど、彼女がそうまで言ってくれるのなら。

そうじゃなくても、話したいことはいっぱいある。

ぽかぽかとした気持ちになっていると、乙女は由美子の手をきゅっと握った。

「それとね。これも重要なこと」

彼女のやさしい顔に、少しだけ強い意志が灯る。ゆっくりと彼女は続けた。

「やすみちゃんの周りには、わたし含めて力になりたい人がいっぱいいる。助けてくれると思う。でもね、その人たちに悪いからって、自分の言葉を抑えるのはよくないよ。一番は、やすみちゃんがどうしたいか、だからね」

すぐに反応できなかった。想像もしない言葉だったからだ。

彼女から見て、そう思うようなことがあったんだろうか……？

しかし、意味を深く問いかける前に、乙女はぴゃっと身体を跳ねさせた。

視線が時計に釘付けになっている。

「ごごごめん、相談してほしいって言ってなんだけど、もう行くね！　必ず、今度必ず時間作るから！　いっぱいお話しようね！」

「あ、あぁ、うん！　ありがとう、姉さん！　すごく嬉しかった！　絶対連絡するから！」

慌ただしく出ていく乙女を、手を振って見送る。

彼女は去り際に笑顔で手を振り返してくれて、こちらも自然と笑みがこぼれた。

ほう、とため息を吐く。幸せな気持ちでいっぱいだった。

「…………？」

しかし、何かが心の中で芽生える。ちくりとした痛みを放つ。

彼女の言葉がきっかけで、違和感が自分の中に生まれた。何かが引っかかっている。

けれど、考えたところでそれの正体はわからなかった。

それよりも、乙女とのやりとりで覚えた温かな感情、それが違和感を拭い去る。

笑みがこぼれるのを我慢しながら、由美子も帰路についた。

ほとんどスキップのように、足早に駅へ向かう。

すると、千佳の後ろ姿を見つけた。その背中をぽん、と叩く。

「や、渡辺。このあとご飯でもいく？」

「は？　……普通に嫌だけれど」

「あたしもやだ！　言ってみただけ！」

「テンション高……、陽気も過ぎると怖いんだけど……」

TRINITY トリニティ

株式会社トリニティ
TEL：00-0000-0000
MAIL：Trinity_supportmailing

【さくらなみき　おとめ】

桜並木 乙女

Otome Sakuranamiki

生年月日：20××年4月14日

趣味：お散歩・占い

・★・★・★出演情報★・★・★・

【ANIMATION】

『プラネット・ヘブン』メインキャラクター（星空ノエル）
『プラネット・ヘブン 2nd actors』メインキャラクター（星空ノエル）
『劇場版プラネット・ヘブン』メインキャラクター（星空ノエル）
『とらべる★ういんたーず』メインキャラクター（氷室凛）
『紫色の空の下』メインキャラクター（西園寺ハル）
『これって私がヒロインみたいじゃないですか!』メインヒロイン（笠峰愛理）
『絶対少女はやめられない。』メインヒロイン（新田鹿子）

【RADIO】

『プラネット・ヘブンらじお放送支部』メインパーソナリティー
『桜並木乙女のまるでお花見するように』メインパーソナリティー

【担当コメント】

「普段は天然で癒し系な雰囲気が持ち味ですが、収録では一転してたぐいまれな集中力と頼りがいをみせる、業界最前線に立つ実力派声優です。劇場映画化も決まったアニメ『プラネット・ヘブン』では不安を一切感じさせない安定した演技力で視聴者を魅了しました。出演本数に裏打ちされた実力を武器に作品の魅力向上に貢献いたします。」

ツイッターID：sakuranamiki-otome

トリニティ

株式会社トリニティ
TEL：00-0000-0000
MAIL：Trinity_supportmailing

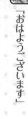

NOW ON AIR!! 第27回

「えー、ラジオネーム、大盛り大好きコデブさん。『やすやす、夕姫、おはようございまーす！』おはようございまーす」

「おはようございます」

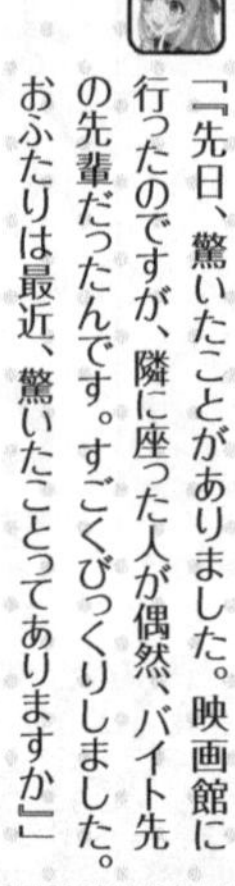

「『先日、驚いたことがありました。映画館に行ったのですが、隣に座った人が偶然、バイト先の先輩だったんです。すごくびっくりしました。おふたりは最近、驚いたことってありますか』」

「ザ・ふつおたって感じね。偶然、声優で同じクラスだったわたしたちに、それを下回る偶然話をメールする度胸だけは買います」

「ユウちゃんきびしー。まぁ、最近驚いたことってのも定番質問だしねえ……。あー、でもあるわ。朝加ちゃんの家。あれ見てびっくりした。今回はいつもよりすごかった」

「それは確かに。わたしも驚いたわ。でもその話、ラジオではしてないでしょう」

「そだっけ？　じゃあしよっか。えー、この前、朝加ちゃんのお家に行ったんですけどね」

「あれはなかなか貴重な経験だったわ。……珍しく焦ってますね、朝加さん。大丈夫ですよ、この女は止めようがしゃべりますから」

「言い方。まぁしゃべるんだけど。ええと、なんでかっていうと、ちょっとね。例の炎上案件でね、あたしたちが迷惑かけたってことで、朝加ちゃんの家をお掃除したり、ご飯を作ったりさせて頂いたんですよ」

「やすは何度か行ったことあるみたいだけど、わたしは初めてだったの。で、足を踏み入れた感想なのだけれど」

「「ひっどい」」

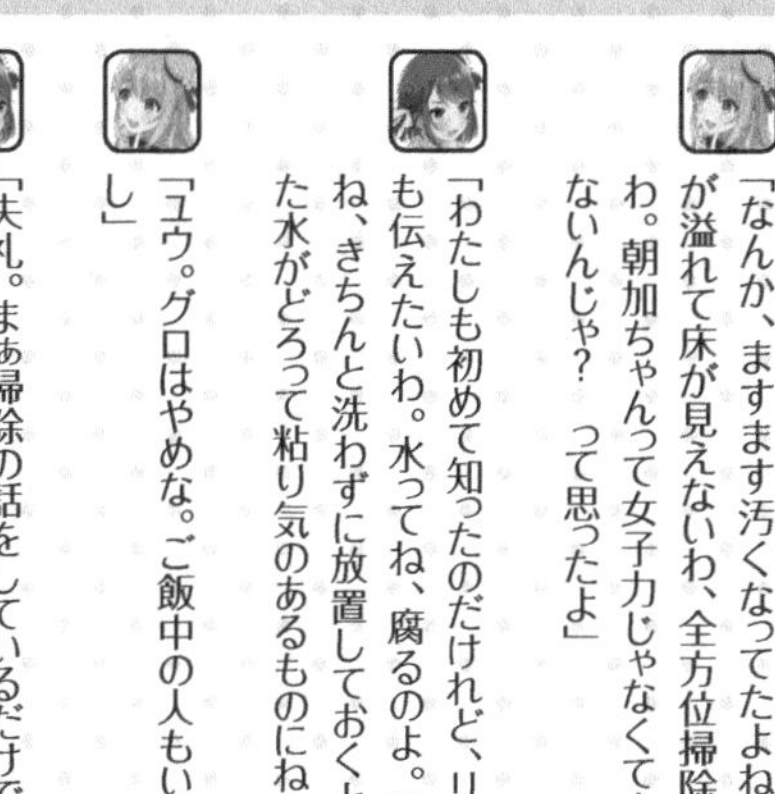

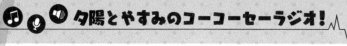

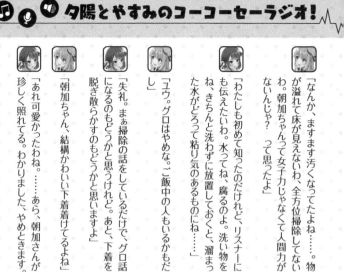

「なんか、ますます汚くなってたよね……。物が溢れて床が見えないわ、全方位掃除してないわ。朝加ちゃんって女子力じゃなくて人間力がないんじゃ？　って思ったよ」

「わたしも初めて知ったのだけれど、リスナーにも伝えたいわ。水ってね、腐るのよ。洗い物をね、きちんと洗わずに放置しておくと、溜まった水がどろって粘り気のあるものにね……」

「ユウ。グロはやめな。ご飯中の人もいるかもだし」

「失礼。まぁ掃除の話をしているだけで、グロ話になるのもどうかと思うけれど。あと、下着を脱ぎ散らかすのもどうかと思いますよ」

「朝加ちゃん、結構かわいい下着着けてるよね」

「あれ可愛かったわね。……あら、朝加さんが珍しく照れてる。わかりました、やめときます。……ん？　ディレクターさんが何か言ってるわ」

「『ふたりとも、うちにもご飯作りに来てよ』だって。いやぁ、ダメでしょ大出さん。中年男性の家に女子高生ふたりは普通に通報だわ」

「マンション入るところを写真撮られて、ネットに挙げられて炎上しますよ」

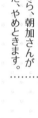

to be continued……

「あ、お姉ちゃーん。こっちこっち」

「…………………………」

改札を出る千佳を見つけ、由美子は手を振る。

彼女は大人しくこちらに近付いてきたが、その表情はなんだか暗かった。

「なに、どうしたの」

「……いえ、別に。土曜の朝にジャージで集合だなんて、奇妙だな、って思っているだけ」

そう言いながら、自分の身体を見下ろしている。

ふたりして学校ジャージに身を包み、持っているのはスクールバッグだ。

はたから見れば、部活に行く生徒にしか見えないだろう。

今日は普段の変装もなく、千佳はすっぴんで前髪も下ろしている。由美子もメイクはほどほどで、浮かない程度に抑えていた。髪は後ろでまとめている。

ふたりして、なんだかちょっと芋くさい。

それを気にしてか、千佳は視線をうろうろさせていた。

「……わざわざジャージで来なくてもよかったんじゃないかしら？」

「甘いなぁ、渡辺。朝加ちゃんの家に、私服で突っ込むなんて正気じゃないわ。朝加ちゃんだっていつもスウェットでしょ」

「あの服装にそんな意味が……？」

「ていうか渡辺って人の家に遊びに行ったことなさそう。大丈夫？　お作法わかる？　ちゃんと玄関では靴を脱ぐんだよ？　そのまま上がっちゃダメだからね？」

「出たわ。あなたのそういうところ、本当に嫌い。行ったことなくとも、わかるに決まってるでしょう、そんなこと。常識を考えなさいよ」

「あ……、本当に行ったことないんだ……」

「っ……。そもそも、なぜその程度のことで偉ぶれるかわからないわ。わたしはだれそれさんの家に上がったことがあります、って自慢を胸にこれからを生きていくの？　それはさぞかし豊かな人生ね。愉快すぎて笑っちゃう」

「は？　広くて親密な人間関係は、人生を豊かにすると思うけど？　あんたはその辺蔑ろにするから、価値に気付けないだけでしょうが。学校でひとり席に座ってて、いいことあった？　人生豊かになったんでちゅか～？」

「はいはい出た出た。お得意のマウントが出たわ。あなたみたいに、群れることが人生のすべて的な人にはわからないだろうけど、ひとりが好きな人もいるの。人にはそれぞれ価値観があるって知ってた？　ぜんぶ同じじゃないと安心できない連中に言っても無駄だろうけど」

「こいつ……、やっぱひとりで来ればよかった……」

そんなやりとりをしながら、目的地を目指して歩いていく。

今日は、朝加の家にふたりでお邪魔する予定だ。

朝加には、裏営業疑惑を晴らすための生放送で、随分と尽力してもらった。

今日はそのお礼だ。ご飯を作り、部屋の掃除をしに行く。

元々、由美子はご飯を作りがてら遊びに行くこともあったので、朝加はたいして遠慮もしなかった。

ほとんど普段の延長だ。

違いは、千佳がついてくると言い出したこと。

由美子がお礼に行くのなら、自分も行くのが筋だと思ったらしい。

一応、番組スタッフには事務所からお礼をしているし、気にする必要もない気はするが、そのあたり千佳はかなり頑固だ。

まぁ人手があるのなら、ガッツリ掃除をしようと手を借りることにした。

ほどなくして、朝加の住むマンションにたどり着く。

千佳はマンションを見上げたあと、辺りを見回す。呆れたような、驚いたような声を出した。

「本当に仕事場のすぐ近くに住んでいるのね……。しかも、結構いいところ」

由美子も初めて来たとき、まったく同じ感想を抱いた。

普段ラジオを録っている場所から徒歩数分だが、立地的に地価は高そう。さらに、見上げたマンションはかなり高く、綺麗な外装をしている。

さすがに、渡辺家ほどではないが。

「やっぱり構成作家って稼げるのかしら……。売れっ子だけかもしれないけど」

「まぁねぇ、あたしらよりよっぽど稼げるんじゃん？　その代わり、朝加ちゃんってめっちゃ仕事してるみたいだけど」

家が片付かないのも、多忙さが大きな原因だろう。

エントランスに入ったあと、由美子は鞄からカギを取り出す。

それを見て、千佳はぎょっとした。

「え、怖い。怖いのだけれど……。なに、佐藤と朝加さんって、合鍵を渡すような間柄なの……？　ちょっと、こんな妙な秘密にわたしを巻き込まないでほしいのだけれど。本当に嫌。あなたのそういうところ、本当に嫌い」

「なにひとりで盛り上がってんだよ……。この前の収録で借りただけ。今日返すっつーの」

言い返しながら、由美子はカギを開ける。ぴっ、と電子音が響いて、自動ドアが開いた。

中に進む。千佳は怪訝そうにしながらも、おそるおそるついてきた。

「……なぜ合鍵？　普通にインターフォンを押して、開けてもらえばいいじゃない」

「朝加ちゃん、休みだったら朝は絶対寝てるんだって。で、ぴんぽんぐらいじゃ百パー起きない。だったらもう、合鍵使って勝手に入るねって」

「ん、んん……。電話でも起きないの？」

「電話だったら飛び起きるらしいけど、それって仕事の電話だと思うから起きられるだけで、目覚めとしては最低なんだって。だったら合鍵使って、ってお願いされた」

「気持ちはわからないでもないけど……、朝加さんってやっぱりちょっとダメな人ね……」

何を今更、と返しつつ、エレベーターに乗り込む。中も広くて明るい。

「というか、それなら昼からの集合じゃダメだったの？　朝加さんが起きてからでもいいような気がするけれど」

「渡辺は朝加ちゃんの家を見たことないからなぁ～。そういうこと言えちゃうんだろうなぁ～」

「こんなにしょうもないマウント取りは初めてだわ。なに、そんなにひどいの？」

「ひどい。ご飯も作りたいから、昼からやってたら終わんないよ。あのね、渡辺。もう少し覚悟しよっか」

「わたしは何を説かれているの……？　というか今日のあなた、普段より言い回しが鬱陶しいんだけど。自分の領分ではしゃぎたいのはわかるけれど、もう少し節度を持ってくれない？」

「は？　何それ。ていうか逆でしょ。人のお家に行くっていう不得意科目だから、あんたが勝手に苦手意識もってるんでしょ。被害妄想やめてくれない？」

「出たわ。あなたのそういうところ、本当に嫌い。そもそもあなた、普段から言動がひどいのよ。品がない。口が悪い。ほんと、どこまでいっても野蛮人って感じよね」

「口の悪さであんたにどうのって言われたくないんだけど。ていうかそもそもの話、あんた後輩なのに態度でかすぎ。タメ口やめてくんない？　さん付け敬語でよろしく」

「お生憎さま。何度も言わせないでくれる？　わたしの役者としての芸歴は四年目。あなたは三年目で後輩。あなたこそ敬語使いなさいよ」

「夕暮さんはなぜそんなに態度が大きくていらっしゃるんですか？　生意気だとは自覚されておりませんか？」

「ちっ……、あなたね、本当いい加減にしなさいよ。あなたに態度でかいとか生意気だなんて言われたくないわ。敬語も覚束ないくせに。なぜ年上の人にタメ口使えるの？　実は図体の大きい小学生だったりする？　いえ、何なら小学生の方が礼儀正しいわよね。児童以下だわ」

「こいつ……。敬語外す相手はきちんと選んでるっつーの。関係性があるからできんの。あぁ、あんたはそういうの一生無理そうだもんね。やっぱ人と離れてると距離感わからなくなるもん？　人里離れた場所に住む孤独な人だもんねぇ。どう話していいかわかんないよねぇ」

「未開の土地出身はあなたでしょう？　あんな部族みたいな格好して。ウホウホ言ってれば意思疎通できる人種と同じにしないでくれる？」

「は、腹立つ……。いいから敬語使えって言ってんのよ、後輩」

「あなたこそ、早く敬語使いなさいよ、後輩」

廊下でぎゃいぎゃいとやり合っていたが、朝加の部屋の前まで来たので一時休戦だ。

イマイチ覚悟ができていない千佳のため……、というわけではないが、カギを開けたらそのまま扉を開いた。

「うわ」

「…………」

開いた瞬間に、千佳の声が漏れ出る。

うわ。

人の家を見て、おおよそ出てくる言葉ではない――が、そう言いたくなるのもわかる。

玄関から廊下が伸び、そこに一枚のドア。

その扉を開くと、この部屋のリビングに出る。

しかし、そのドアから玄関にかけての廊下にさえ、物が溢れて転がっていた。

部屋の中は暗い。おそらく、カーテンを閉め切っているのだろう。

その明度でもわかる、圧倒的な物量。

多くは通販のダンボールが積み重なり、その上を台本らしきコピー用紙が大量に被さっている。服や鞄、日用雑貨もごちゃまぜになっていた。

「……巣窟」

ぼそりと千佳が呟く。目線は一点、奥の扉だ。

玄関まで浸食する物たちは、奥の部屋から溢れ出てしまったものだろう。

巣窟とは言い得て妙で、この部屋は既に家や居住というより、巣という言葉が一番似合う。

「さぁ行くよ」

「わたし、公録のときより緊張してるわ」

「だったら、あたしがまた手握ってあげるよ」

「生まれて初めて、あなたが頼りになると思った瞬間だわ」

物と靴で埋まった土間にスペースを作り、無理やりに靴を脱ぐ。

文字通り、足の踏み場もない廊下を進み、ドアを開いた。

「……これもう、番組の企画か何かに使った方がいいんじゃないの？」

その光景を見た瞬間、千佳が嘆息する。

もし、ディレクターの大出がこの場にいたら、一考したかもしれない。

部屋はワンルームだが、かなり広い。ベッドやパソコンデスク、ソファにテレビ、冷蔵庫に大きめの本棚。場所を取るものが並んでいても、なおも広々としている。

キッチンも広くスペースが取られている。料理をする由美子からすれば、広くて使いやすいキッチンは見るだけでわくわくする。

けれど、今はそんな気持ちが微塵も湧かない。

部屋が汚い。

その一言に尽きるからだ。

廊下の汚さがそのままリビングに移っている。広い部屋にただただ物が溢れ、ごちゃごちゃとした汚部屋が完成していた。暗いせいでシルエットしか見えていないが、ここに明かりを入れるのはちょっとした勇気がいる。

かといって、このまま回れ右するわけにはいかない。

カーテンを開き、一気に光を取り込む。

「朝加ちゃん……」

しっかりと部屋の惨状が見えて、目頭が熱くなる。

予想に違わず、部屋には物が溢れていた。

本やCD、台本がそこかしこにタワーになっており、一部は崩れている。開いたダンボール、開いてないダンボールが混ざって連なり、おかしなオブジェと化していた。

もちろん足の踏み場はない。衣服や下着も脱ぎ散らかされている。

「うわ……、ちょ、ちょっと佐藤」

千佳の元に戻ると、きゅっと腕を摑まれた。

不安そうな表情を隠そうともせず、おろおろと視線を一点に向けている。

珍しい姿が可愛らしくてほっこりしたが、彼女の視線を追ってそんな気持ちは消え失せた。

キッチンのシンクに、汚れた食器が積み重なっている。

それも、たくさん。この家すべての食器を使い切ったのだろう。いつから放置されているのかわからず、それがとても恐ろしい。千佳が怯えるのも無理はない。

「渡辺。この皿に溜まってる水、触ってみ。どろっとするから」

「ど、どろって……、なぜそんなおぞましいことが起きるの？」

「水が腐ってるんじゃないかなぁ……。朝加ちゃんのところのシンクって、いつもそうなんだよね」

「ひどい……。ね、ねえ。食べ物とかは大丈夫？　虫が涌いたりしてない？　わたし、虫は本当にダメなのだけれど……」

「あぁ、それは大丈夫……、朝加ちゃんもダメだから。虫対策だけはしっかりやってたはず。食べ物は落ちてないでしょ」

「そう、それならまだ……。それにしても、これだけうるさくしているのに、起きないわね、朝加さん」

　ふたりして、視線がベッドに向かう。

　こんもりと布団をかぶった朝加がいるが、身動きする気配すらない。

　近付いても起きる様子はなかった。子供のようにあどけない顔で、幸せそうにすぴすぴ眠っている。ほっぺをつついても反応がない。

　その寝顔は可愛らしいが、この汚部屋の主なのだから思うところはある。

「さーて、お姉ちゃん。やろっか。どうせ起きないから好きにしていい、って言われてるし、ガンガンやっていこう。あたしはキッチン周り片付けて、ご飯作るから。掃除や洗濯は任せていい？」

「はいはい……。ならまずは、洗濯物を回収するわね……。下着も放りっぱなしだし」

千佳は部屋を歩き回り、下着と衣服を回収し始めた。洗濯カゴに放り込んでいき、そのまま洗面所へ持って行く。

料理はからきしの千佳だが、ほかの家事は問題なくこなしてくれそうだ。千佳の母は多忙のようだが、家は綺麗だった。ある程度は分担して行っているのだろう。

「よし……、あたしも気合入れるか……」

用意していたゴム手袋をつけ、地獄と化したシンクを真っ向から見つめた。


千佳は部屋と洗面所を往復し、由美子はキッチンを淡々と掃除する。

キッチン周りは何とか片付け、千佳も風呂場周りを片付け終えた頃だった。

「ねぇ、佐藤」

くい、と袖を引っ張られ、そちらに顔を向ける。

彼女の視線は未だ静かに眠っている、朝加のもとへ向かっていた。

「ベッドのシーツ洗いたい」

「あぁ……」

彼女の言いたいことはわかる。せっかくやるのなら徹底的に。

いつ洗ったかわからないベッド周りも、何とかしたいのだろう。

窓の外はいい天気だ。朝加がいつ起きてくるかわからないし、今のうちに洗って干しておきたい、という彼女の気持ちはわかる。

すごくわかる。

「朝加ちゃん落とすか」

「おと……、ちょっと待って、思ってたのと違う」

千佳は眉根を寄せて、むむ、と口を曲げる。

「そろそろ起きないかしら、起こせないかしら、ってわたしは訊きたかったんだけれど」

「朝加ちゃんは何しても起きないって。お姉ちゃん、そっちのクローゼットに毛布があるから出してくれる？」

千佳は得心がいかなかったようだが、素直に毛布を持ってくる。

その間に、由美子はベッド周りの物をどかしていた。

千佳が掃除を進めてくれたおかげで、多少は部屋にスペースができている。

持ってきてくれた毛布を床に敷きながら、千佳に言う。

「渡辺。試しに朝加ちゃん起こしてみなよ」

「そうするわ。そっちの方が真っ当だもの」

早速、千佳は朝加の身体を揺らした。

千佳はあまり声を張ることなく、あくまで穏やかな口調で言う。

「朝加さん。そろそろ起きてくれませんか。もうすぐお昼ですよ、朝加さん」

「…………」

いい声だ。つい、動きを止めて聞き入ってしまう。

彼女は意識していないようだが、夕暮夕陽はウィスパーボイスが実に良い。一度耳元で囁かれたことがあるが、とても蠱惑的で戸惑った覚えがある。

あの夕暮夕陽に起こしてもらえる。

ファンにとっては夢のような光景なのだが……。

「んんぅ！」

「んんぅ、って……」

朝加は不機嫌そうな声を出したかと思うと、布団にくるまってしまった。

子供のようなその行動に、千佳はただただ呆れている。

その間に、由美子はベッドの端に寄り、布団を掴んだ。

「よいしょおっと」

一気に引っくり返すと、さすがに掴まっていられなかったようで、朝加の身体はコロコロと転がっていく。そのままベッドの下へと落ちた。

が、毛布に着地した途端、そのまままくるくるとくるまる。

　そして、動かぬミノムシと化した。

「はい、渡辺。今のうちにどうぞ」

「いや、うん……。いいのだけれどね……」

　何ともだらしのない大人の姿を見て、千佳は静かにため息を吐いた。


「ねぇ佐藤。洗濯物ってもうないのよね」

「あぁ、そうね。部屋に散らばってるのと、洗面所に積んであるやつで全部じゃない？」

「そうよね。じゃあ全部干し終えたから……」

　思った以上にてきぱきと働いてくれた千佳だったが、由美子の近くに来ると、なぜかぴたりと動きを止めた。

　そろそろとこちらに近付いてくる。

　そして、由美子が煮込んでいる鍋に目を落とした。

「……何を作っているの？」

「ミートソース。朝加ちゃんが食べたいって言ってたから」

「ふうん……、でも、量が多くない？」

　火にかかっている鍋は、この家で一番大きなサイズだ。

ほとんど使われた形跡のない圧力鍋である。一食としてなら、明らかに量が多い。

けれど、答えは簡単だ。由美子は隅に積んであるタッパーを指差した。

「ミートソースは冷凍できるから。一食分のタッパーに入れておけば、解凍してパスタ茹でればすぐ食べられるの。簡単で便利でしょ」

「ふうん。でも、簡単かしら。ソースはいいでしょうけど、パスタって茹でるの難しいし、手間もかかって大変じゃない。手軽さには欠けると思うけど」

「…………」

マジか、この女。

どうやら、千佳の中ではパスタを茹でることは難しい部類らしい。

「……今はパスタと水を入れれば、チンするだけで茹でられる容器もあるから」

「へぇ！　そんな便利なものがあるのね。すべてレンジで済むなら、確かに簡単かもしれないわね」

「うん……、そうだね……」

なんだか悲しくなってきた。

せめて、今日くらいは温かくておいしいものを食べさせてあげよう……。

由美子がひとりそう考えていると、千佳がこの場から動いていないことに気付いた。

すすす、と身体をくっつけてくる。

ほとんど密着しているにも関わらず、千佳は気にする様子はない。

由美子とくっつきながら、鍋のミートソースを見下ろしている。

「おいしそうね」

「どうも……。朝加ちゃん起きたら、お昼にしようと思ってるけど」

「そう。でもさっきあなた、カレー作ってなかった？　今日のお昼はそれかと思っていたわ」

「あぁ……、あれは冷凍用で、もう作り終えたから。カレーのがよかった？」

「どちらも好きよ。でも、こうして目の前にすると、ミートソースのがおいしそうに見えるわ」

「あぁそう。ならよかった」

「うん。おいしそうね」

「…………」

千佳はそう言ったまま、離れようとしない。

ぺったりと身体をくっつけながら、ミートソースを一心に見つめている。

「…………」

由美子はそっとスプーンを手に取り、ミートソースをすくう。

それを千佳の口元に運ぶと、彼女はぱくっと咥えた。

「うん。うん。うん」

千佳は満足そうに頷きながら、掃除へと戻っていった。

「せめて感想くらい言ってくんないかな……」

千佳を見ながらぼやいていると、奥でもぞもぞと動くものが見えた。そちらに視線がいく。

床に転がっていた毛布の塊が、動きを見せている。

ぴょこん、とそこから朝加が顔を出した。

寝ぼけた顔で、きょろきょろと辺りを見回している。

「朝加ちゃん、おはよー」

「おはようございます、朝加さん」

ふたりして声を掛けると、ぼんやりとした目がこちらを向く。

しばらくのあいだ小首を傾げていたが、あぁ、と納得したような声を上げた。

「おいしそうな匂い……、綺麗になっている部屋……、声と顔がいい女の子がふたり……。そうかぁ、わたし働きすぎで死んだな……」

「朝加ちゃんの天国の規模ショボいなぁ。ほら、顔洗っておいで。お昼ご飯にしよっか」

「ん！　あー、やっぱりやすみちゃんの料理おいしい。冷凍のストックもしてくれたんでしょ？　ありがとうね、本当。すっごい助かるよ」

「いやいや。まぁこれはお礼だからさ。気にしないでよ」

「うちの調理道具、もうやすみちゃんしか使ってないくらいだよ」

「朝加ちゃんにはもう少し生活力上げてほしいかなあ……。料理はともかく、部屋はもうちょい何とかならないの？」

朝加が起きたので、一度、お昼休憩を取ることにした。

作ったミートソースは大変好評で、朝加は何度もおいしいおいしいと言ってくれるし、千佳も満足そうに食べている。これだけ喜んでもらえると、作り甲斐もあった。

談笑しながら食事を続けていたが、半分ほど食べたところで一度会話が途切れる。

そこで由美子は、以前から尋ねたかったことを朝加にぶつけることにした。

この話をすることは、千佳には事前に言っている。

「ねぇ朝加ちゃん。ちょっといい？」

「ん？」

由美子が声を掛けると、朝加はちょうどパスタを口に入れるところだった。

元が童顔なせいだろう。食べ物を頬張っている姿は、やけに子供っぽく見える。

「あたしらのラジオの件で、訊きたいことがあるんだけどさ」

「うん。なに？」

「あたしたちは、あのままの感じでやっててていいのかなって」

「…………」

朝加の手が止まる。

少しだけ細められた目が由美子から千佳に移り、千佳はこくりと頷く。

朝加はすぐには返答せず、顎を指で軽く擦った。

さっきまで子供のような顔をしていたのに、スイッチが入れば大人の表情に切り替わる。

そしてこの質問は、朝加をそんな顔に変えるものだったようだ。

「何を不安に思っているのか、わからないけどさ。あれで問題ないと思うよ。聴取数が増えた。メールの数が増えた。以前とは比べ物にならないくらいにね。打ち切りが決まってた番組とは思えないほどに伸びたんだもの、しばらくはあのままでいいと思うけど」

「多少キャラを強めてるとはいえ、ほとんど素で話しているだけなのに？」

「それがウケてるからね。それに、いろんなラジオに行ってる副産物、っていうのかな。勉強できてると思う。ふたりとも、前より面白いよ。……なのになんで、そんなふうに思ったの？」

朝加に問われると、少し困った。上手く言語化できるか自信がないからだ。

「……実は、前からちょっと引っかかってて」

きっかけは、アフレコのときに言われた乙女の言葉だった。

あのときは、何かがちくりとするだけだった。

けれど、仕事をこなすうちに少しずつその違和感が大きくなっていく。

引っかかりを覚え始める。

だが、『なんとなく引っかかっている』では加賀崎に相談しづらく、まずは千佳に話をした。

これで彼女に「気のせいでしょう」と素っ気なく言われたら、それで済むと思ったのだ。

しかし、彼女の回答はこうだった。

『……便乗するつもりはないけれど。その気持ちはわかるわ。どこかに刺さった小さなとげのようなものを、わたしもずっと感じている。それが何なのか、言葉にはできないけれど』

彼女も同じように、成瀬に相談できなかったらしい。

だから、朝加に話を聞いた。

自分たちはその引っかかりを抱えたまま、ラジオをやっていていいのだろうか。

その答えを出したかったし、引っかかりの正体も知りたかった。

「ふうん……。わたしは数字が出てるなら、それでいいんじゃないかって考えちゃうからねえ。引っかかり……、ねぇ」

言葉にするのは難しかったが、伝わりはしたようだ。

朝加は何とも言えない表情で、視線を外している。

朝加はぴんと来ていないようだが、由美子たちには少しだけ心当たりがあった。

それを千佳が尋ねる。

「では、朝加さん。番組がウケてるとは言いますが、批判的なメールは来てないんですか。番組宛に、わたしたちや番組に対する誹謗中傷、そんなものは届いてないんですか？」

引っかかりの答えは、否定的な意見にあるのではないか。

そう思って朝加に尋ねたが、彼女の表情はあまり明るくはない。

「そりゃゼロではないよ。でも、そんなのはどの番組にもあるよ？　コーコーセーラジオだけじゃない。それも、増えたメールの中でのごくわずかなんだって」

「――その、ごくわずかのメールがどんなものか、知りたいんだよ、朝加ちゃん」

由美子の言葉に、朝加は目を瞑ってうーん、と唸る。

フォークで皿をこつんと叩くと、静かに言葉を並べた。

「あんまり知る必要はないと思うけど……。パーソナリティに嫌な思いをさせないために、作家があらかじめチェックするんだけどね。それこそ、わたしから聞かなくても、エゴサすればわかるでしょう？」

朝加の言葉はもっともだ。

ネットには生の声が溢れているわけで、ちょっと検索したらいくらでも見ることができる。

誹謗中傷でも、なんでもだ。

しかし、それに対する答えをふたりは持っている。

「あたし、加賀崎さんからエゴサ禁止令出されてるから」

「わたしもです。絶対にしないように、ってキツく言われてます」

実際、それで正解だと思う。

少なくとも現状でエゴサーチするのは、心の自殺に近い。

しかし、由美子たちの答えに朝加は軽く目を見開く。

「へえ。ふたりとも偉いね。そういうのって、自制心で我慢できるものじゃないと思ってた」

「自制心じゃないよ。加賀崎さん、『エゴサしたら態度ですぐわかるからな』って言うんだもん」

「成瀬さんも。たぶん、それは本当なので。約束やぶるとあの人、すごく悲しそうな顔しますし、ちょっとできないんです」

「すごいな、マネージャーって……」

苦笑いを浮かべつつ、朝加はパスタを口に運ぶ。

しばらくもぐもぐしたあと、気が進まない様子で口を開いた。

「それなら、わたしから聞くのもルール違反にならない？」

「それくらいなら許してくれるよ。それに、エゴサして生の意見を見るのと、朝加ちゃんを通して教えてもらうのじゃ、ぜんぜん違うから。さすがにエゴサはまだ怖い」

「まぁそれはね……」

苦笑しながら、お茶をごくり。

ふぅ、と一息ついてから、ゆっくりと口を開いた。

「――まぁ、そうだね。ほかの番組の批判メールとは、ちょっと毛色が違うよね。熱量も高い。多くは、『人を騙しておいて、あんな番組よくやれるな』っていうもの。あとは、『どうせこれも不仲営業だろ』とか『前の方がよかった』とかそういうの。批判メールの数は多いけど、これは仕方ないんじゃないかな」

淡々と朝加は続ける。

彼女の言葉を聞いた瞬間、ぱっと何かを強く感じ取る。引っかかりへのヒントだろうか。

けれど、判断がつかない。もしかしたら、批判的な意見を聞いて、身体が身構えただけかもしれない。確信は持てなかった。

ただ、確実なのは自分たちのラジオには、やはり批判的なメールが存在していたこと。

遠ざけていただけに、薄暗い感情が胸の内を満たした。

そういう苦情はあると思っていた。

加賀崎が話そうとしないだけで、事務所にも来ていると思う。

わざわざそんなことは尋ねないし、加賀崎だって言わない。

だから見て見ぬふりをできたけれど、実際はこうだ。現実はこうだ。

受け止めるには、やはり重い。

千佳を見ると、目をぎゅっと瞑って俯いていた。

「……やっぱり、聞かない方がよかったんじゃないかな？」

由美子と千佳の表情を見て、困ったように笑う。頭を下げたのは千佳だ。

「いえ、ありがとうございました。無理に聞いてすみません」

「別にいいよ。ふたりには必要な過程だったんでしょ。大事だと思うよ、そういうの」

朝加はパスタの最後の一口を食べ終え、再びお茶に手を伸ばす。

コップを口に運びながら、ぽつりと言った。

「でも、ラジオのことで相談を受けるなら、キャラ作りのことかと思ってたから意外ではあったかな」

「え」

由美子はぱっと顔を上げる。まじまじと朝加の顔を見つめた。

「キャラ作りのことって？」

「ん？　いや、ふたりとも素のキャラを強調するように言われているでしょ。それで無理してる部分もあるんじゃないかって。……違った？　見ている分にはそう感じたけど」

あまりにもさらりと言うものだから、上手く反応できなかった。

新しいキャラを強調する。

その方針に異論はないし、マネージャー陣の言うことは正しいと思う。

しかし、無理していないかと言えば。

「それは……、もちろん、ありますけど。息苦しい、と思うことは」

千佳がたどたどしくも、肯定してしまう。

しかし、すぐに言葉を付け足した。

「で、でも。素を強調しているだけですし、前みたいにまるきり別人ってわけでもないです。なのに、そんなことを思うのは、あんまりよくないんじゃ……」

「そ、それに。せっかく加賀崎さんたちが、あたしたちのために頑張ってくれてるんだよ。見捨てもしないで。なのに、さ」

以前のような、可愛らしいアイドル声優のキャラに比べれば、今は随分と楽をさせてもらっている。それに、今こういう状況なのだから、素を強めてキャラ作りするのは最善のはずだ。

しかし、朝加は笑ってあっさり流す。

「いや、そうでもないでしょ。どういう状況であれ、『キャラを演じるのが苦しい』って思っちゃダメってことはないよ。『加賀崎さんたちが良くしてくれるのに』って考えるのも立派だし、加賀崎さんたちも正しいだろうけど、それとこれとは話が別。感情は別の話。贅沢な悩み、とでも思ってる？　わたしからすれば、今のやすみちゃんたちは前より苦しそうだけどね」

……本当にあっさりと言う。そして、乙女と同じようなことも。

今の方が苦しそうと言われ、つい千佳と顔を見合わせてしまう。

彼女は戸惑った表情を浮かべていた。おそらく、それは自分もだろう。

朝加の意見をすぐに否定しないのは、思い当たる節があるからだ。

まるでそれを汲んだように、朝加はすらすらと言葉を並べる。

「素をキャラとして強調する声優って多いけどさ。自分なのに自分でないキャラを演じるのはストレスになると思うよ。ウケたら周りにそれを求められるけど、でもそれって結局自分じゃないわけでしょ？　もうわけわかんないけど、それでも周りはそのわかんないものを求める。夕陽ちゃんの言う通り、息苦しいって感じるのは普通だよ」

もはや声優の管轄じゃないよね、とコップを置く。

素を出しているのに感じる息苦しさ、これはおかしなことではないらしい。

ほっとする反面、同時に疑問が湧いた。

「なら、朝加ちゃん。その悩みがあったら、どうすればいいのかな……？」

由美子の問いに、これまたあっさりと朝加は答える。

「その息苦しさに一生付き合っていくか、諦めてキャラを捨てるかじゃない？」

結局、部屋が片付いたのは日が暮れてからだった。

朝加へのお礼で部屋に行ったのに、晩ご飯はご馳走になってしまった。

マンションの前で朝加と別れ、千佳とふたりで夜の街を歩く。

夜空を見上げると、丸くなりかけの月が浮かんでいた。

駅前には人が多く、間を抜けながら歩いていく。

横断歩道の信号が赤く光り、足を止めた。

「げぇ……」

最初に気付いたのは由美子だった。その声で千佳も気が付く。

横断歩道の向こう側。

何人かが信号待ちしていたが、その中に見覚えのある人物がいた。

マスクをしているが、だれかはわかる。

彼女――柚日咲めくるもこちらに気付いた。面倒くさそうに眉間にしわを寄せている。

いくら嫌いな相手でも、先輩を無視するわけにはいかない。

青信号になっても由美子たちは横断歩道を渡らず、めくるが来るのを待った。

彼女は不愉快そうな態度を隠そうともせず、マスクを外しながら近付いてくる。

「お疲れ様デース」

「お疲れ様です」

「あーあ。嫌な奴らに会っちゃったよ」

挨拶は返さず、苦々しくめくるは言う。

それには取り合わず、千佳は無感情に尋ねた。

「柚日咲さんは仕事ですか」

「そ。ソシャゲの特番」

短く答える。これはこれで緊張感のあるやりとりだった。

まずったなぁ、と思う。

朝加の家はスタジオの近く。駅前でほかの声優と会う可能性は十分にあった。

それがよりによってめくるだなんて。

彼女は胡散臭そうに、じろじろと由美子たちを見つめている。

「なんで学校ジャージなのかわからないけど……、あんたらはラジオ？　ほかの番組に寄生するキャンペーン、まだやってるの？」

その言い方にむっとする。思わず言い返していた。

「違います。今日は朝加ちゃんの家に行ってたんですよ。ご飯作ったりとか掃除しに」

「あ、ばか」

由美子の言葉に、なぜか千佳が慌てた。

そして、それを受けてめくるの雰囲気が一変する。

「なに、それ」

彼女は無表情でふたりを見つめ、心底軽蔑したように言う。

「それマジで言ってるの。なにそれ、しょうもな。仕事がないからって作家のご機嫌取り？あんたらプライドないの。さすがにそれは恥ずかしいというか、情けなくなるわ」

どうやら、大きな勘違いが起きている。

しかし、訂正するよりも早く、めくるが言葉を積み重ねていった。

「人を売り込むんだから、愛嬌は必要でしょうよ。人柄がもの言う仕事だよ。だけど、媚び売るのは違うでしょうが。それで仕事取っても長続きしないって、もうわかってるもんだと思ってたよ」

もはや声には怒りがこもっていた。

由美子たちから目線を外しながら、唇を噛みしめている。

ええと、どこから説明したものか。

誤解を解こうと言葉を考えるが、返事を待たずにめくるは皮肉げな笑みを浮かべる。

「そんなことやってるから、裏営業スキャンダルなんて起きるんだよ。作家が男でも同じことやったんじゃないの？　そういう脇の甘さがプロじゃないって言ってんの。何なら夕暮、わたしが写真撮ったげようか。ネットに写真あがるの、好きでしょ？」

「――あ？」

「佐藤。いいから」

カッとなって前に出ようとすると、千佳に腕を掴まれる。

そのままの姿勢で、千佳が早口で訂正した。

「誤解です、柚日咲さん。朝加さんのところに行ったのは、その裏営業疑惑でいろいろと迷惑をかけたから、お詫びとお礼を兼ねてです。打算的なものはないです」

「どうだか」

めくるは鼻で笑う。

しかし、さすがにその態度は物言いせずにはいられない。

「……ちょっと作家さんと遊んだだけで、過剰反応するのもどうかと思うけど」

ぼそりと言う。

それもそうか、とでも思ったのか、めくるは少しだけ気まずそうな表情をした。

軽く頭を振ってから、気を取り直したように言う。

「……まぁいいわ、どうでも。ただまぁ、夕暮夕陽が休日にそんな油の売り方してるのは、なかなか思うところがあるけどね。わたしはせいぜい、真面目にお仕事するわ」

そんな呪いの言葉を残して、めくるは立ち去ってしまう。

本当に、ひどいことを言う。

徹底的に現実を見せてくる。

少し前まで、夕暮夕陽は多忙だった。休日ならば、めくるが言ったような特番、イベント、ライブといった仕事に駆り出されていた。

のんびりと休日を過ごすなんて、しばらくなかったんじゃないだろうか。

千佳はため息をひとつこぼすと、そのまま歩き出す。

由美子も何も言わず、隣に並んだ。

「佐藤」

千佳は前を向いたまま、ぽつりと呟く。

「なに？」

「自慢のように聞こえるだろうけど。わたし、デビューしてすぐに売れたのよ」

「知ってる」

「忙しかったわ。ただ目の前の仕事をこなすのが精いっぱいで、終わっても終わっても次が来る。時間がぜんぜん足りなくて、もどかしさすら感じた。学校なんて行ってられない、と何度思ったことかわからない」

それも知っている。

学校で時間が空けば、教室でもできる作業を彼女はやっていた。

昼休みはだれも来ない場所で、サンドイッチをかじりながら台本を読んでいた。

けれど今は、ぼうっと窓の外を見ている時間が長いように思う。

「忙しい中で、仕事の悩みはたくさんあった。『難しい役をもらった。ちゃんとできるだろうか』『歌の仕事が入った。もっとレッスンがしたい』『狙っていた役が取れなかった。次はきっと』『ファンを騙してまで、アイドル声優の仕事をする必要はあるんだろうか』」

改札を抜けて、駅の構内を歩いていく。

「悩み事が多くて大変だったけれど。それってすべて、とっても前向きで、幸せな悩みだったのよね」

ホームに出て、足を止める。電車はまだ来ない。

千佳は空を見上げる。

そこには月がぼんやりと浮かんでおり、彼女は手と月を重ねていた。

「――今の悩みは、ひとつだけ。わたしは声優を続けられるのだろうか。ただ、それだけ。毎日のように思い悩むわ。寝る前にそのことを考えたら、怖くて眠れなくなる」

月に雲がかかり、月光が消える。

千佳は手を下ろして、胸に当てた。深く、深く、息を吐く。

「苦しい。すごく、すごく苦しい。黒くて深い闇のようなものが、胸を満たすの。不安でいっぱいになって、頭がどうにかなりそうで、だけどどうしようもなくて。先が見えないというのは、こんなにも――こんなにも、辛いことだったなんて」

「…………」

千佳の言葉はすべて、由美子にも当てはまる。

共感はいくらでもできる。

地べたを這いつくばるような惨めさは、由美子にとっては慣れ親しんだものだ。

そんな場所に、今は千佳も堕ちてきている。

夕暮夕陽の姿は、自分にとっては憧れだ。

だから、「こんな姿は見たくなかった」というような感情が、芽生えるかもしれないと思っていた。

千佳の横顔を見つめる。

実際はそうじゃなかった。最初から売れ続けていた夕暮夕陽が、上だけを見て歩いていた夕暮夕陽が、泥にまみれる感覚を味わっている。

今更、ずっと由美子が抱いてきた感情を味わっている。

そのもの悲しさを感じる横顔に、愛しさすら覚えるなんて。

そうだよ。これがあたしの感じていたものだよ。ようやくわかったの？

気持ちがわかってもらえて嬉しい、なのか。

あぁやっとこの気持ちがわかったか、なのか。

もはや、自分がどんな感情を抱いているのか、考えたくもなかった。

今、自分がこんな想いを抱えているだなんて。

だれに言えようというのだろう。

そんな感情からは目を逸らし、由美子もそっと空を見上げる。

「そういう意味でも、あたしはあんたの先輩だよ。あたしも一年目は自分の歩く道がぴかぴか光って見えた。放っておいても舞い込む仕事に、感謝すらしなかった。それが当たり前だったからね」

「……あぁ。『プラスチックガールズ』」

「うん。アニメにイベントやライブで、あたしたちは世界の主役だった。あたしは成功するレールに乗ったんだ、って本気で信じてた。このまま順当に仕事をして、立派な声優になって、そのうちプリティアもできるんだろうな、って疑いもしなかった。売れてない同期を憐れんでさえいた。偉そうにアドバイスなんてしてて。自分の歩く道がこんなにも脆いだなんて、知らなかった」

今となっては本当にお笑い草だ。勘違いにもほどがある。

現実を知った今では、そんな自惚れさえも懐かしい思い出だ。

初々しく、光り輝く世界を見上げていた自分は、とっくの昔に消え去ってしまった。

千佳は今が不安だと言う。

叫びだしそうなほどの不安を、今自分たちは共有している。

「今は、足元さえ見えない」

いつも真っ暗な谷底を見つめている感覚。

それさえも、共感できているのだろうか。

BLUE CROWN Talent Profile

BLUE CROWN

柚日咲めくる

【ゆびさき　めくる】 Mekuru Yubisaki

生年月日：20××年2月14日

趣味：ラジオを聞くこと・ネットショッピング

担当コメント

「ボキャブラリーが豊富で、安定したMCにも定評がある若手随一の実力派声優です。メインパーソナリティーを務める『柚日咲めくるのくるくるメリーゴーランド』は放送200回を超え、未だに熱いご支持をいただいています。ゲリライベントでも進行を引っ張っていくことができる底力は、担当である私も目を見張るものがあります。アニメ出演経験はまだ多くはないですが、少女役から妙齢の女性まで幅広い役をこなすことができ、イベント開催の暁にはそのルックスとトークで作品の盛り上げへの貢献をお約束します。」

【TVアニメ】

『十人のアイドル』メインキャラクター（七夕星華）

『天国はそこにありますか?』サブヒロイン（神道奏）

『Twirite with……』サブキャラクター（カンナ・ルージュ）

『不可能シンギュラリティ』サブキャラクター（姫嶋香音）

【ラジオ】

『柚日咲めくるのくるくるメリーゴーランド』

『めくると花火の私たち同期ですけど?』

『ジュードルらじお』

『週末はめくるとラジオデートしましょ!』

『天国はそこにありますか?　――ここにはラジオがあります!』

SNS ID：×kurukuru-mekurun_bluecrowm

連絡先

株式会社ブルークラウン

TEL:00-0000-0000　MAIL:support001@bluecrown.voices

「夕陽と」

「やすみのー」

「「コーコーセーラジオー」」

「おはようございます、夕暮夕陽です」

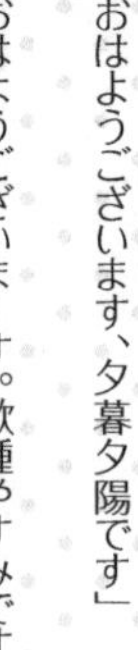
「おはようございまーす。歌種やすみです」

「この番組は、偶然にも同じ高校、同じクラスのわたしたちふたりが、皆さまに教室の空気をお届けするラジオ番組です」

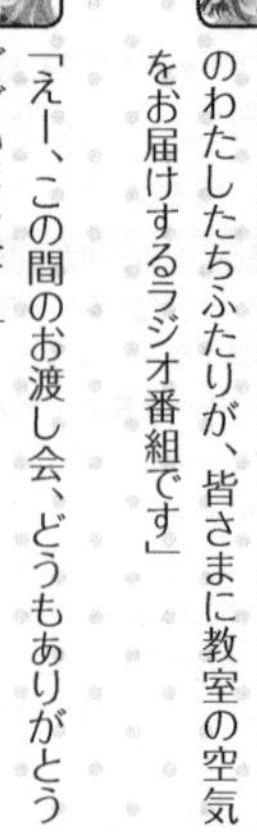
「えー、この間のお渡し会、どうもありがとうございましたー」

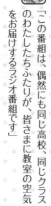

「ありがとうございました。たくさん感想メールも頂いてるから、あとでご紹介します」

「いやー、やる前は結構びくびくしてたんだけど、温かい言葉をもらえて嬉しかったです」

「本当に。正直、何人かつまみ出されるんじゃないかと思っていたけれど」

「そういうこともなく、無事に終わってよかったよ。で、まぁ、なんだ。お渡し会のあとに公開した動画やブログの件なんですけど。このラジオを聴いてくれてる人は、観てくれたかな？」

「観てない方がいたら、わたしややすのツイッターにアドレスが貼ってあるので、そこから確認してもらえるとありがたいです。あれがわたしたちの気持ちと、そしてこれからのことです」

「うん。その件についても、たくさんメールを頂いてるのですが……」

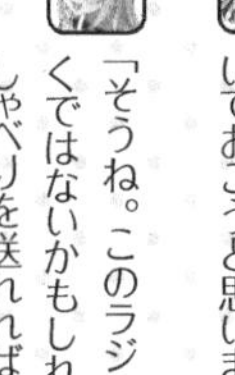
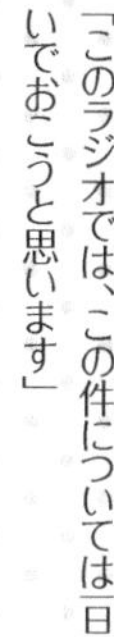

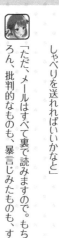

「このラジオでは、この件については一旦、触れないでおこうと思います」

「そうね。このラジオでは、楽しく……、楽しくではないかもしれないけど、今まで通りのおしゃべりを送れればいいかなと」

「ただ、メールはすべて裏で読みますので。もちろん、批判的なものも、暴言じみたものも、すべて」

「はい。さて、感想メール読みたいし、オープニング終わるか。えー、それでは、今日もみんなで楽しい休み時間を過ごしましょう」

「放課後まで、席を立たないでくださいね」

to be continued……

「……姉さん、ご機嫌だねえ」

「え？　そりゃそうだよぉ。楽しみだよねぇ」

テーブルの端でにこにこしている乙女を見て、本当にすごいと思う。

今日はハートタルトのセカンドシングル『さくらいろ』のお渡し会だ。

CDには応募券が付いており、抽選でお渡し会の参加券が当たる。キャパシティは大きくないため、当選率は相当に低かったらしい。

というのも、桜並木乙女の人気によるものだ。

夕暮夕陽、歌種やすみはもはや付属品である。

イベント会場にはテーブルが置かれ、その前に由美子たちが横並びに立っている。

手前から、乙女、千佳、由美子の順だ。

テーブルには各々のステッカーが置いてあり、それを順々にファンに渡していく……、というイベントになる。

ファンからすれば、好きな声優と至近距離でお話できる、とても素敵なイベントだ。

しかし、声優からすれば負担は大きい。

ファンと至近距離で接しながら、彼らの期待する対応をしなければならない。

その対応の難しさや、気疲れするところから、以前はあまり得意ではなかった。

歌種やすみのキャラを保つ必要があったからだ。

乙女はそのあたり心配ないのかもしれないが、彼女の場合はほかに問題がある。

乙女のファンは熱量が高い。

その熱は、本人にとって必ずしも心地よいものではないだろう。

というか、間近で感じるには正直ちょっと怖い。

しかし、大量のファンから大きな感情をぶつけられるはずの乙女は、嬉々としていた。

「だって、ファンの人と触れ合える機会なんてなかなかないじゃない？　こういうイベント久しぶりだから、嬉しくって。早くお話ししたいなぁ。やー、楽しみだね！」

「…………………………」

隣にいる千佳が、眩しそうに絶句している。気持ちはわかる。人種が違いすぎる。

「まぁ姉さん、忙しいしね……」

彼女がこういうイベントをできないのは、単に忙しいからだ。

事務所としてもファンとしても、小さなキャパで少人数を満足させるより、大きなイベントでたくさんの人にアピールしてほしいはずだ。自然と、このようなイベントは優先度が下がる。

このお渡し会だって、だいぶ無理して付き合ってもらっていた。

だからこそ、このイベントはしっかりと成功させたいが……、怖さもある。

「由美子。緊張しなくていいからな。いつも通りいつも通り」

いつの間にいたのか、スタッフジャケットを羽織った加賀崎が肩を叩いてくれた。

煙草の香りがわずかにして、少しだけほっとする。

「わ、わたしたちも控えてますし！　あ、安心してファンと接してくださいね！」

同じくスタッフジャケットを着込んだ成瀬が、手をぎゅっと握っている。

周りを見た。普通のお渡し会に比べると、配置されたスタッフの数は多い。

桜並木乙女に万が一でも何かあってはいけない……、という配慮もあるが、歌種やすみと夕暮夕陽のためでもある。

何せ、あの事件のあとだ。

物申してやろう、と思う人はいるかもしれない。

そのため、多くのスタッフを周りに固めて牽制している。

「何か言おうもんならわかってんだろーなー」という空気を作っているのだ。

先頭が乙女なのにも意味がある。マネージャー陣が想定している、「桜並木乙女の前ではとても暴言なんて吐けない」という効果を期待してだ。

加賀崎たちはそうやって備えてくれているが、それでも不安は不安だ。

あの事件があってからというもの、ここまでファンと接近したことはない。

それに加え、別の心配事も抱えている。

「……加賀崎さん。あたしやっぱり、前みたいな格好のがよかったんじゃないかな」

「そんなことないだろ。今のキャラならこの格好でいい。由美子っぽくていいと思うぞ」

「…………」

加賀崎は褒めてくれるが、いい気持ちにはならなかった。

今日の由美子は、濃いめにメイクをしているし、髪も巻いている。

服装は、肩を出した黒のトレーナーに、ベルト付きのデニムパンツ。

派手な見た目の、背伸びをした高校生といった感じだ。

普段の自分ならこれでいい。

しかし、彼らの好む格好ではないだろう。

せっかくお客さんの前に出るんだから、見て喜ばれる服を着てもいいのではないか。それもファンサービスだと思うのだ。

キャラを守ることが大事なのは承知しているが、やはり気になってしまう。

「…………」

由美子と加賀崎の会話を聞いて、千佳は前髪をいじっていた。

こういっては何だが、千佳は由美子よりひどい。

さすがに長い前髪は流して、顔はよく見えるようにしている。

けれど、メイクは控えめで服装も地味だ。

黒のロングスカートにグレーのトップス、ベージュのカーディガン。アクセサリーの類もない。

クラスでも目立たない、地味っ子の休日といった感じだ。

似合ってないわけではないし、こういう容姿は刺さる人には強く刺さる。

けれど、夕暮夕陽は違うのだ。

彼女は顔が良い。それを存分に発揮すれば、眩くも可愛らしい見た目に変身できる。

メイクと服装で今の何倍も可愛くなり、見る人のため息を誘うこともできる。

それを封印するのは、もったいない気がしてならない。

確かに、キャラを守るならこれが一番なんだろうけど……。

ふたりのもやもやは解消されることなく、イベントが始まる。

ただ、いざ始まってみると、「何か言われるのではないか」という心配の方は杞憂だった。

「あ、ありがとうございます。え、前のライブ？　ありがとぉ、嬉しい！　うんうん。あ、本当？　わたしもあれすごく気に入ってて……、あ、またね！　ありがとう！」

乙女はだれもが魅了されるような笑顔で、ファンと楽しげに話していた。

その後ろではお客さんが列をなし、乙女の前に来るのを心待ちにしている。

皆、そわそわと様子を窺い、自分の順番を何度も確認していた。

そして、いざ乙女の前に来ると緊張した面持ちで口を開く。

そんな彼らに対し、乙女はほんわかした空気と可愛らしい笑み、程よい気安さと丁寧な対応を、ごく自然に行っている。

ファンはそれですっかり骨抜きだ。

ふわふわした心持ちのまま、夕陽とやすみの前に流れてくる。

そのおかげで特に何か言われることはなく、むしろ応援や心配してくれる声の方が多かった。

ただ、問題がないわけではない。

「ありがとうございます。はい、頑張ります」

千佳の対応は、静かで淡々としている。

相手が不快にならない程度ではあるが、決して愛想はよくない。

隣の乙女がファンサービスの塊であるから、余計に差が目立つ。

しかし、別に千佳もやりたくて笑顔を抑えているわけではない。

今の彼女は素のキャラ以上に感情をあまり出さないようにしている。

対応が淡泊なのはそのせいだ。

そして、由美子は由美子でぎこちない対応になっていた。

「ん、君、前も来てくれなかった？　あ、だよねえ。覚えてる覚えてる。うん、ありがとね！」

明るく可愛く元気よく。程よいラフさでファンと交流している。

気さくで明るいギャル。

それは素であるし、実際、明るくファンと会話するのは楽しかった。

そこは以前より、ファンが喜んでくれる対応ができたと思う。

けれど、由美子には母のスナックで培った、人を見る目がある。

だれもが、ことさら明るい会話を求めているわけではない。人によっては静かに、声が染み入るような温度感を好む人だっている。

そういう人を見抜くことはできる。

けれど、態度は変えられなかった。

自分は明るくて、気さくで、愛嬌のあるギャルだ。

じっくりと静かに話すのは、なんだか違うんじゃないか——、とキャラを優先させてしまう。

こんなこと、前の歌種やすみではなかったのに。

素を出しているはずなのに、なんだか息苦しくて仕方がなかった。

そんな思いを抱えていても、イベントは時間が経てば終わってしまう。

最後のお客さんまで順番が回っていく。

こういうイベントには珍しい、女性の一人客だ。

濃いネイビーのパーカーを着込み、下はデニムショートパンツに黒のストッキング。

カラーレンズの眼鏡をかけてマスクをし、さらに黒色のキャップを深々とかぶっている。

芸能人もかくや、といった風貌だが、こういうイベントに参加するのを恥ずかしがる人もいる。それほどおかしくもない。

顔はよく見えないが、身体は小さい。もしかしたら、中学生くらいかもしれない。

親に隠れて来てくれているとすれば、微笑ましくて可愛らしい。

しかし、それは勘違いと知った。

彼女はこの道に精通している。

「さくちゃん大好きです！　ラジオも好きで毎週聴いてます公録もチケット当たったら行きたいですお忙しいのに公録やってくれて本当に嬉しいです今度のライブも絶対行きたいのでとにかくＣＤ積みます応援してます大好きです元気もらってますいつもありがとうございます！」

乙女に凄まじい早口で捲し立てていた。

こういうイベントには制限時間がある。声優の前にいるのは何秒間まで、それ以上に居座ると「剝がし」と呼ばれるスタッフに文字通り引き剝がされてしまう。

彼女は時間いっぱい使って、自分の思いを伝えていた。

乙女は一瞬面喰らったものの、ぱっと笑顔になってお礼を言っている。

続く千佳にも、同じように早口で言葉を並べ立てていた。

「すごいな……」

思わず呟く。

その熱量もさることながら、きちんと聞き取れるのがすごい。

こういうイベントで早口で話す人は、何を言っているかわからない場合が多い。気持ちが先立っているせいだ。

しかし、彼女は活舌がしっかりしていて、早口でも聞き取りやすかった。

風貌も相まって、「珍しい子だな」と思っていると、千佳を経て由美子の前にもやってくる。

「やすやすとお会いできてすっごく嬉しいですプラガの頃から大好きですマリーちゃん推しですグッズもたくさん買いました歌声も本当好きですキャラソンもたくさん聴いてますハートタルトで歌声が聴けて嬉しいです紫色の空の下のやすやすの演技すごく素敵です大好きです！」

勢いよくそう言う。

こういうイベントで、声優全員に同じ熱量で話せるのはすごいと思う。

純粋に嬉しいし、女性ファンだからどうしても特別扱いしたくなる。

最後の人だからちょっとくらいいいだろう、と時間を気にせず話しかけた。

「本当ありがと！　すっごく嬉しい！　これからも応援してくれると嬉しいなー、よかったら、また会いに来てね。待ってるからさ」

にかっと笑いながら、そう伝える。

すると、ステッカーを受け取った彼女はびっくりした顔になった。

耳まで赤くして、目をぱちぱちしている。かわいいファンだなぁ、と笑ってしまう。

しかし、そこで彼女は意外な表情を浮かべた。

寂しそうな顔をしたのだ。マスクの上からでも、はっきりとわかるほど。

「やすやすのことは大好き、です。でも、あのやすやすにもう会えないのは、寂しい、です」

そこだけは絞り出すような声だった。

意識して言った言葉ではないらしく、すぐにはっとして頭を下げる。

「ご、ごめんなさい、こんなこと言うつもりじゃ……！　すみません、失礼します」

そのまま離れようとする。

「待って」

しかし、気付けば由美子は彼女の腕を摑んでいた。

周りの人たちがぎょっとする。それは相手の女の子も。

けれど、気にしていられなかった。

彼女の言葉に、ぱちん、と何かが弾けた気がしたのだ。

「寂しい、って言った？　もう会えない、って言った？」

その言葉が、どうしても引っかかった。

ようやく、ようやく何かがわかりそうな気がしたのだ。

探していた答えを見つけた気がした。

乙女の言葉をきっかけに、ずっと心に残っている引っかかり。

不明瞭だった疑問が、彼女の声で輪郭を帯びた気がした。

けれど、そんなことは彼女にはわからない。

動揺し、口元に指を当てながら、明らかに困っていた。

「えと、あの、ご、ごめんなさい、そんな、そんなつもりじゃ……」

由美子が怒ったと思ったのだろうか。

おろおろしながら、摑まれた手を見つめている。

異常に気付いた周りのスタッフが、こちらに近付いてくるのがわかった。

この状況はよくない。しかし、もうちょっと。もうちょっとこの子からヒントが欲しい。

必死で彼女の顔を見つめ、何とかしないと、何とかしないと、そう頭の中で繰り返す。

そこで、気付いた。

ほかの、とんでもない事実にだ。

「――柚日咲さん？」

自分の口からぽろりと言葉が零れ落ちる。

その瞬間、彼女の瞳が大きく開かれた。

顔色が赤から青に変わる。

カラーレンズ越しの瞳、帽子から覗く髪、パーカーで覆った華奢な身体。必死で隠そうとしているし、普段と雰囲気が明らかに違う。声だって変えている。

数秒の会話では気付けなかった。

けれど、こうして近くでまじまじ観察すれば、彼女がだれかわかってしまう。

彼女は慌てて、由美子から離れようとした。しかし、咄嗟に手に力を込めて離さない。

途端、彼女は泣きそうな顔になる。小さく首を振り、懇願するように声を上げた。

「は、離して！　離してください！」

その反応で確信する。

彼女は柚日咲めくるだ。

なぜ、めくるがこんな場所にいるのか。

それはわからないが、今はそれは重要ではない。とにかく彼女を離すわけにはいかない。

けれど、摑んだままでもいられない。

めくるが変装し、今も逃げ出そうとしているところから、周りにバレたくないのは明白だ。

ならば、ここに付けこむしかない。

「……あたしは話を聴きたいだけなんです。教えてほしいことがあります。この会場の最上階に、喫茶店があるのを知っていますか。そこで待っていてください」

「な。な、なんでわたしが……！」

「いいんですか、柚日咲さん。ほかの人にバレても」

「っ………！」

彼女の表情が羞恥のものに変わる。悔しそうに眉根を寄せて、こちらを睨んだ。

が、拒否の言葉はない。それを同意と捉え、由美子はぱっと手を離した。

そして、何事か、とこちらを見ているスタッフに笑顔で手を振った。

「すみません。すごく好みの帽子だったので、ブランドを訊いていました」

その適当な言葉を、周りはどれだけ信じたのか。

足早に立ち去るめぐると、隣で愕然としている千佳は、どんな思いで聞いていただろう。


「あの子が本当に柚日咲さん？　本気なの？」

「本気も本気だって。あんたも隣だったら反応見えてたでしょ」

大急ぎでイベントを片付けて、由美子と千佳はイベント会場の最上階、そのフロアを早足で歩いていた。

この会場はたくさんの商業施設が入っており、最上階には飲食店が多数ある。

千佳には事情を話したが、乙女には何も言っていない。

喫茶店に向かうのは由美子と千佳だけ。

罪悪感を覚えたが、おそらくめぐるは乙女には絶対知られたくないだろう。

それに、乙女はすぐに次の仕事に行ってしまった。

千佳はどうせ隣で聞いていたし、今からする話は千佳にも関係することだ。

「あの子が本当に柚日咲さんだとして……、なぜ、わたしたちのお渡し会に来ていたの？」

後ろを歩く千佳は、状況を摑めていないようだ。

「お渡し会に来る人なんて、みんな同じでしょ。ファンなんだよ。あたしたちの」

「そんなわけないでしょう……。あなた、自分がどれだけ柚日咲さんにひどいことを言われたか、もう忘れたの？」

「それはそれ、これはこれ。おかしいとは思ってたんだ。柚日咲さんはあたしたちに詳しすぎる。最初はただ、仕事熱心なのかと思った。にしたって、あの知識量はおかしい。あの人、あたしらのラジオめっちゃ聴き込んでるんだよ？　炎上する前の回までさ。お泊まりの話が出たときからちょっと思ってた。ゲストを招くだけで、ここまで知識蓄えるか？　って」

その疑問がより強調されたのは、彼女が台本に大したメモ書きをしていなかったからだ。

大量の情報を収集し、それがしっかり頭に入っていて、すんなりと言葉にできる。

そんなの、ファン以外の何者でもないだろう。

ただ、説明しても千佳は半信半疑だった。

喫茶店の端っこのテーブルに、ちょこんと座るめくるを見て、千佳はようやく事実を受け入れたらしい。

「驚いたわ」

「うん」

「柚日咲さん、めちゃくちゃ泣いてるじゃない」

「うん……」

そうなのだ。

由美子の指定通り、めくるはこの店に来ていた。

しかし、ぼろぼろと涙をこぼしている。

奥の席に肩を縮ませて座り、帽子やマスク、眼鏡もテーブルに置いてただただ泣いている。

周りから見えるテーブルだったら、声を掛けられたんじゃないだろうか。

そのレベルの号泣だ。

「……なんで、そんな泣いてるんですか、柚日咲さん」

声を掛けると、キッと睨みつけてくる。その間にも、涙はこぼれ続けていた。

「最悪、最悪よ……！　だれにも知られたくなかったのに、よりによって、あんたたちにバレるなんて……。こんな辱めを受けるなんて……！　死んだ方が、マシ……！」

そんなことを言う。

彼女の変装は堂に入ったものだったし、普段はファンだなんて素振り、欠片も見せなかった。

それだけ必死に隠していたのに、散々煽った後輩にバレたのだ。泣きたくもなるだろう。

ぐじゅ、ぐじゅ、と鼻を鳴らしながら、めくるは言う。

「どうすれば……、黙っててくれる……？　土下座すれば許してくれる……？　今までごめんなさい、って裸で土下座すれば言わないでくれる……？」

「おっも……。いや、あたしらがそんなひどい人に見えます？」

「見える……」

「やっぱ裸土下座やってもらおうかな……」

「撮影は勘弁してください……」

「だから重いんだって……」

とりあえず、千佳とふたりで向かいに腰かける。

ずっと千佳は黙っていたが、おずおずとめくるに問いかけた。

「あの、柚日咲さん……。わたしはまだ半信半疑なんですが……。柚日咲さんは、本当にわたしたちのファンなんですか？」

「…………」

その質問に、めくるの涙が止まる。

顔がみるみるうちに赤くなり、視線をうろうろとさせた。

「そうです……、めちゃくちゃ好きです……。今回のお渡し会、当たって本当に嬉しかった……、仕事が入ってたけど、奇跡的に間に合って……」

ぽそりぽそりと言う。

千佳は動揺しながら、彼女に言葉を返した。

「ま、待ってください。でも、柚日咲さん、わたしたちに対して、すごく怒っていたじゃないですか。あれは何だったんですか」

「……あれはあれで、本当だから。ファンだっていうのも本当だけど、怒ってるのも本当。本気でムカついてる」

ある程度泣いて落ち着いたのか、声の震えは止まっていた。

いつもの調子……、とまではいかないが、幾分、力は抜けたようだ。淡々と言う。

「柚日咲めくるとして、声優の先輩として、あんたらのあの行動は許せなかった。腹が立って仕方がなかった。同じ女性声優としては大嫌いだよ。だから一言言いたかったし、尻拭いに付き合わされるのもふざけんなって感じだった。あの行動は今でもどうかと思ってる」

きっぱりと言い切ってしまう。めくるの言葉によどみはない。

それが逆に、千佳の目を懐疑的なものにした。

「……そんなに分けられるものですか？　本当は好きなのに、仕事の上では嫌いだなんて」

「夕暮だって、仕事の人間相手なら嫌いでもそれを表に出さないでしょ。それの逆ってだけ。わたしは仕事とプライベートは分けたいの。プライベートに仕事は持ち込みたくないし、その逆もそう。それが人よりはっきりしてるだけ」

すらすらと言葉が出ていた。その自然な口調から、嘘偽りなく言っているのが伝わる。

めくるは仕事に対してストイックだと思った。

それは正しい。公私の分け方も想像以上だ。

とはいえ、怪しい箇所がないわけではない。

「柚日咲さん、ほかに何か隠してない？　仕事とプライベートを分けたいってのはわかるけど、過剰に感じるんだよね。人に対して、頑張って壁を作ってるように見えてさ」

前から壁は感じていた。

しかし、公私を分けたい、というこだわりにしては、彼女の作る壁は分厚すぎる。

めくるは、う、と言葉に詰まった。

そのままの姿勢で固まっていたが、諦めたようにゆるゆると口を開く。

「……わたしは、声優が好きすぎて声優になったクチだから。前からずっと好きな声優はもちろん、なってから好きになった人もいる。元がただの声オタなの。で、困ったことに好きな人に対する好意や憧れが、自分が声優になっても変わらなかったわけ」

「……？」

それと壁を作ることと何の関係があるのだろうか。

めくるのようなタイプは珍しくない。

元々声優が好きで、憧れて声優になった人はいくらでもいる。

自分が同じ職業に就き、憧れの人に会えたら普通は嬉しく思うんじゃないだろうか。

けれど、めくるは顔を赤くし、叫ぶように口を開いた。

「こっちは心情がファンのままなんだよ！　好きで好きで仕方ないの！　ガチ勢が本人を前にしてまともでいられると思う⁉　あっちは仕事相手だから気安く声掛けてくるけど、こっちは困るの！　壁作らなきゃ耐えられるわけないでしょ！」

　そんなことを力説される。

　そういうものだろうか……。由美子にも大好きな声優や憧れている声優はいるが、会えたら率先して気持ちを伝えに行く。仲良くなりたいと思うし、だいたいなれる。

　そんな由美子には理解できないが、千佳は、

「少しわかる」

と頷いていた。わかるらしい。

「あぁ――、こんなの知られたくなかった。こんな弱点見せたくなかった。しかも、よりによってあんたたちなんかに。細心の注意を払っていたのに……、変装だって、ちゃんと……」

　めくるは頭を抱えてしまう。

　その姿を見て、千佳は由美子に怪訝そうな目を向けた。

「……なぜ、佐藤はわかったの？　わたしにはとても、あの変装は見抜けなかったわ」

「あぁ……、あたしもまじまじと見なかったら、わからなかったよ。あとは……、そうだね。普段から、柚日咲さんの発言には気に掛かるところがあったから」

　そこが大きな違いだろうと思う。

　元々違和感を持っていて、それが今回の答えに繋がっただけだ。情報の点と点が線になった。そのヒントがなければ、自分だって気付けなかった。

めくるは自分に似ている。

好きな声優がいて、だけど私生活ではそいつが嫌いで。

気に入らないのに、好きという気持ちがふと漏れてしまう。それが相手に伝わってしまうこともある。だけど、普段はそうならないように必死で隠す。

そんな経験が、由美子にはある。

そして、同じような気持ちを人から向けられたこともある。

「…………？」

思わず、じっと千佳を見つめていると、彼女は小首を傾げた。

なんでもない、と手を振る。

そんなことを考えてしまった自分が恥ずかしくなり、思考を無理やりに戻す。

さっきの考えをごまかしたくて、めくるに矛先を向けた。

「それにしても、めくるちゃん」

「めくるちゃん言うな」

「乙女姉さんのことも、あんなに好きなんだね。姉さんにめちゃくちゃ熱弁してたじゃん」

由美子の言葉に、カァっと顔を赤くする。そのままぼそぼそと呟いた。

「だって……、さくちゃんってすごく忙しくて、あんなイベントもうやってくれないから。話せる機会なんて滅多にないんだから、あぁなっちゃうよ」

「いや話す機会めっちゃあるじゃん。この前もいっしょにガッツリ仕事してたでしょ」

「忙しいのはいいことだけど……。二年目までは、サイン会や握手会でお話できたから、やっぱり今はちょっと寂しいっていうか、遠くにいっちゃったっていうか……。いや、わかってるよ！　遠くも何も、最初から近くにいないだろ、っていうのはわかってるんだけど……！」

「いやゴリゴリ近くでしょ。仕事仲間なんだから。同期なんだし、普通にご飯とかいっしょに行けばいいのに」

「ご、ご飯⁉　む、無理無理無理無理！　何言ってんの⁉」

「柚日咲さんこそ何言ってんの？」

「い、いいんだって、そういうのは。ほかの声優と交流する気もない。わたしには花火が……、事務所の同期がひとりいればそれでいいよ」

　そんなやりとりをしていると、店員さんがオーダーを訊きにきた。

　いつまで経っても注文しないから、訊きに来てくれたらしい。

　適当に飲み物を注文したあと、千佳がこちらの袖を引く。

「佐藤。そろそろ」

　本題に入れ、ということだろう。

　ここに来たのは、めくるに訊きたいことがあったからだ。

　ただ、それを訊く前に、一度ちゃんと確認しておかないといけない。

「ええと、柚日咲さん。こんなことを確認するのもあれなんだけど、柚日咲さんってあたしのファンでもあるんだよね？」

念のための質問だったが、めくるは肩を小さくした。

「はい……、プラガの頃から大好きです……、マリーちゃんが最推しで、そこから夢中で……。一話の、キャラ声に慣れてなくて、地声とキャラ声が混じった演技がお気に入りです……」

「やめて。死んじゃう。いや、マジでやめて。それ、本当にあたしのこと好き……？」

「好きだってば……。ツイッターもブログもラジオもチェックしてるし、イベントも行けるだけ行ってる。プラガのライブだって行った……、マリーちゃんのソロ曲のあと、MCで決め台詞言ってるの見て泣いちゃった……、すごく泣いた……、何なら今も思い出しただけで泣きそう……」

「あぁ……、本当に好きだねあたしのこと……」

しみじみと言うめくるに、本物だ、と思う。お渡し会のあの口上も、本心なのだろう。

そこでふと思いついた。喉の調子を整えてから口を開く。

「ん、んん……、『ところがどっこい、そんなことは許さないわ！』」

「キャ――――――ッ！」

本意気でマリーゴールドの決め台詞を言ったら、めくるが悲鳴を上げた。

彼女ははっとすると、顔を真っ赤にしてテーブルを叩く。

「そういうのやめろ本当に！　性質悪いぞ！」

本気で怒っている。ちょっとからかったつもりだったが、悪ふざけが過ぎたかもしれない。

しかも話が脱線した。

千佳も怒ったかもしれない、と隣を見やる。彼女はこちらをじぃっと見ていた。

が、様子が変だ。目がぼんやりしている。

こっちの顔を見ているのに、何も言おうとしない。

「渡辺？」

「……あ。い、いえ、なんでもないわ。でも、さっきのやりとりでわかったわね。柚日咲さんはしっかりとあなたのファンよ」

彼女まで顔を赤くして、そんなことを言う。

なんで赤面してるんだこいつ、と思いながらも由美子は続けた。

「柚日咲さん。ここへ来てもらったのは、訊きたいことがあったからなんだ」

自然と声の温度が変わる。表情が締まる。空気もそれにつられていく。

それを察してか、めくるからは表情が消えていった。

少しだけ緊張する。手に汗をかくのを自覚しながら、由美子は口を開いた。

「さっきのお渡し会であたしに言ったよね。寂しいって。あのやすやすにはもう会えないからって。あれの、意味を教えてほしいの」

「……………」

めくるの目が細められる。彼女はすぐには答えず、沈黙が場を満たした。

この質問の答えは、きっと引っかかっていたものの正体だ。

自分たちはこのままでいいのか。新しいキャラに乗っかるだけでいいのか。

ずっとそんなことを考えていた。

それに対する答えだ。

そこで店員さんがやってきて、三人分のコーヒーを置いて立ち去っていく。

その間、三人は無言だった。

めくるはコーヒーを手に取り、少しだけ口に含んでから、ゆっくりと話し始める。

「——そのままの意味だけどね。わたしはデビュー当初からやすやすが好きだった。夕姫もそう。でも、わたしが好きになったのは、元気で可愛らしく話す歌種やすみと、清楚な感じでおっとり話す夕暮夕陽なの。今のふたりじゃない」

そう言い切ってしまう。

言葉を返したのは千佳だ。

「でも、柚日咲さん。柚日咲さんは、わたしの、夕暮夕陽の裏の顔がどんなものか、知っていたはずでしょう？　それなのに、あのキャラが好きだったんですか？」

「裏の顔があるから何よ」

ふん、と皮肉げな笑みを浮かべる。

「裏の顔があるのは当然でしょう。声優なんて、大なり小なりキャラを作ってメディアに出ている。わたしだってそうだし、周りだってそう。わたしは、事務所の後輩であるあなたではなく、画面の向こうの夕暮夕陽を好きだったの」

流れるようにめくるは言う。

こちらから視線を外し、ほとんど思い出を語るように答えた。

その表情が歪んでいく。辛そうにしながら、ぽつりぽつりと続けた。

「あの裏営業疑惑のとき、わたしは胸が張り裂けそうだったわ。夕姫がそんなことするわけない、でも、なんで、もしかしたら。そんなふうに考えて、本当に辛かった。だけど、それは全部誤解で大団円で――、と思っていたけど、わたしにとっては全然そんなことなかったのよ」

カップを置いて、めくるはこちらをまっすぐに見据える。

その瞳は、悲しみの色をたたえていた。

「あのあと、あなたたちは素の顔で声優をやることに決めたわよね。実際、それでラジオがウケていたし、事務所もそれに乗っかった。イメージを一新しようと頑張っていた。リスタートしようとした。でも、それって、なによ」

声が少しだけ震える。

めくるは悲痛な表情を浮かべながら、熱っぽい声で語った。

「それなら、前のふたりが好きだったファンはどうなるの。わたしの気持ちはどうなるの。わかるわよ、あの方法がベストだって。でも、理屈じゃないの！　いきなり好きな声優ふたりが消えてなくなって、代わりに違う人物が立っている。そんな感覚なの。それが――寂しくないわけ、ないじゃない。割り切れるわけ、ないじゃない。……声優としても、ファンとしても――、あんたたちなんか大嫌いだ」

そう語るめくるの顔は、確かにファンの表情そのものだった。

本気で応援していたからこそ、感じてしまうやるせなさ。確実に覚える喪失感。

それを突然、無理やり押し付けられた。

しかも、あのキャラが下手にウケていた分、不満も言いづらかっただろう。

好きな相手のことを考慮してしまう分、より辛かったんじゃないだろうか。

思いに蓋をしながらもやもやして、それでも割り切ることはできず、別人になったふたりを見つめる。

それはどんな気持ちだったのだろう。

――ようやく、答えを見つけた気がした。

自分たちは、めくるのような以前からのファンを……、嫌な言い方をすれば切り捨てることに、疑問を覚えていたのではないか。

めくるは寂しそうに目を伏せている。

由美子も千佳も、もう何も言えなかった。


お渡し会を終えた、その日の夜。

由美子と千佳は、普段ラジオを録っている収録スタジオにやってきた。

無人の会議室で待っていると、待ち人が静かにやってくる。

「お待たせ」

朝加だ。彼女は紙の束を抱えて、会議室へ入ってくる。

「ごめんね、朝加ちゃん。無理ばっか言って」

由美子が謝ると、朝加は手をひらひらさせる。

そして、由美子たちの前に紙の束を置いた。

「はい。これが頼まれてたメールね。たぶん、これで全部だと思う」

「ありがとうございます、朝加さん。本当に無理言ってすみません」

「プリントアウトくらい、お安い御用だけどさ。あんまり見るのはオススメしないよ。今更言っても仕方ないだろうけど」

朝加は心配そうな表情を浮かべている。きっとそれは本心だろう。

由美子は、紙の束を引き寄せ、半分の束に分ける。

そして、その片方を千佳に渡した。
「うん、ありがとう。でも、どうしても知っておきたいから」
めぐるから話を聞いたあと、由美子たちはまず朝加に連絡を取った。
朝加に頼んだのは、コーコーセーラジオに届いたメールのプリントアウトだ。
それは、朝加がわざわざ省いたメールで、決してパーソナリティには届かないもの。
批判的なメールだった。
本来ならそれらは、放送作家の手によってごみ箱に消えていく。
しかし、由美子たちはそれらを拾い上げることに決めた。
めぐるのように、以前からのファンがどのような気持ちだったのか。
それを知る義務があると思ったからだ。
「む……」
とはいえ、決して気持ちのいいメールではない。
読んだ瞬間、胸がざわりとする。
足元に血が落ちていく感覚がする。息が浅くなる。つい、顔をしかめた。
文字の羅列で、人はここまで気分が悪くなれるものなのか。
罵詈雑言。罵倒。誹謗中傷。
よくも騙したな、失望した、声優やめろ、泣いて詫びろ、ふざけるな、死ね、消えろ。

それらの言葉がすべて自分たちに向かっていると思うと、怖くて仕方がなくなる。

「佐藤。これ」

くらくらしていると、千佳にメールを手渡される。

そこに書かれていた内容は、今の番組がどうしても好きになれない、といったものだった。

自分は番組初期からのリスナーで、ふたりのやわらかくも可愛らしいやりとりが好きだった。

それらがすべて嘘だったのも辛いし、今の煽りあうふたりを見るのも辛い。

自分の好きなふたりは、どこにもいなくなってしまった。もう聴くことはない。今までありがとう。

そういった内容だ。

「ラジオネーム二階からお薬さん……、前は毎週送ってくれてた人だ。最近見ないなぁと思ってたけど、もう聴いてなかったのか……」

その事実に胸が苦しくなる。

内容の差異はあれど、そういったメールは少なくなかった。

前のふたりが好きだった。

今のふたりは、自分の好きだった人たちじゃない。

寂しい。悲しい。

めくると同じような想いを抱いた人たちは、確かにいた。

ふぅー……、と大きく息を吐いて、最後のメールを置く。

「気は済んだ？」

朝加にやさしく尋ねられる。

彼女はメールを読み終えるまで、じっと待ってくれていた。

「うん、ありがとう。ええと朝加ちゃん。悪いんだけど、もう一個頼まれてくれる？」

「なに？」

「動画を撮ってほしいの。あたしたちふたりで、ファンに向けてメッセージを送りたくて」

そう言うと、朝加はぎょっとした。

今まで穏やかな表情をしていたのに、明らかに困った顔に変わる。

「ええっと……、前の、やすみちゃんがやった配信みたいな？　あれ事務所からだいぶ怒られたんでしょ？　もうやめた方がよくない？」

「大丈夫です。今度は生配信じゃなく動画ですし、ちゃんと両マネージャーに確認してもらってOKが出てから公開します」

千佳の返答に、朝加はほっとした表情を浮かべる。

「そういうことなら」と引き受けてくれた。

番組として撮影するわけではないので、ブースを借りるまでもない。

この会議室でそのまま録ることになった。

椅子を並べ、千佳と隣同士に座る。そこを朝加にスマホで撮影してもらう。

朝加がスマホを構えると、ぴこん、という電子音が響いた。

「夕暮夕陽です」

「歌種やすみです」

「本日は、以前から応援してくれている人たちに伝えたいことがあって、こうして動画を撮影しています——」

「前に、ファンだった方に言われました。好きだったのは昔のあたしたちであって、今のあたしたちじゃない。今のあたしたちを見ていると、好きだった声優がいなくなったようで寂しくなる——」

「そこまで考えが回っていませんでした。昔から好きでいてくれた人たちを傷付けたと思います。今まで応援してくれたのに、なかったことにしてしまった。それを謝りたくてこの動画を撮っています——」

元々話すことを決めていたわけではない。

台本はないし、カンペだってない。

たどたどしいしゃべりは、おおよそ普段とかけ離れている。

けれど、ただただ自分たちが伝えたいことを言葉にした。

「本当に、ごめんなさい」

ふたりで、深々と頭を下げる。

とにかく、謝りたかった。

ずっと応援してくれていたのに、自分たちの勝手な行動で寂しい思いをさせたこと。裏切ってしまったこと。なかったことにしてしまったこと。

それらすべての気持ちを、まっすぐに表した。

撮影はここで終わりだ。

しかし、朝加がスマホを下ろしても、千佳は動こうとしなかった。

物憂げな表情で、ぼうっと床を見下ろしている。

「どうしたの？」

「……いえ。わたしは彼らを騙していたんだな、ってことを改めて実感しちゃって」

独り言のように言う。

由美子だって不誠実なわけではないが、千佳は輪をかけてファンのことを気にしていた。騙すことを心苦しく思っていた。声優という仕事に対して、いつだってまっすぐで真摯だ。

それゆえに、感じ入ることがあるのかもしれない。

彼女から視線を外し、朝加からスマホを受け取る。

「ありがとう、朝加ちゃん。……それとさ。あたしたち、今の感じでキャラ作るのやめようと思ってる。加賀崎さんたちに、そう伝えようと思って」

朝加は特に驚きはしなかった。

「そっか。いいんじゃないかな。ふたりがそう決めたんだったら」

「……加賀崎さんたちがせっかく考えてくれたのに、楽な道に逃げちゃって、って思う部分もあるんだけど」

キャラを作るのをやめたいと思いつつも、そこはどうしても後ろめたい。

結局、理由を付けて楽をしたいだけなんじゃないか、とも思う。

マネージャーの方針を曲げることになるし、プロの姿とは言い難いだろう。

しかし、朝加は「いやぁ」と笑う。

「『キャラを作らない』っていう道は楽ではないよ。何も考えずにパッケージを守る方がよっぽど楽なこともあるんだから。君たちはファンのことを思って、そうしたいんでしょ。マネージャーさんたちだってわかってくれるよ」

やさしい言葉をさらりと掛けてくれる。それに虚を突かれてしまった。

朝加ちゃんには敵わないなぁ、と苦笑する。

ただ、問題を抱えつつも、由美子の視界は晴れていた。

自分たちを悩ませていたことが、何かわかった。

これから何をすべきか、ようやく理解できた。

道がわかればそれを進んでいくだけだ。

進むべき道が明るくなっただけでも気持ちが楽だ。

改めて、これから頑張っていこう——と考えていると、千佳が声を上げた。

「え……？」

声は驚きに染まり、不安そうな表情でスマホを見つめている。

由美子は考える前に問いかけていた。

「なんかあったの」

「わからない、けれど。母からメッセージが来たの。それが、なんだか、ちょっと」

歯切れが悪く、スマホの画面からも目を離さない。

彼女は一拍置いてから、言い辛そうに口を開いた。

「スタジオに寄るから今日は遅くなる、って母には事前に連絡していたの。そしたら今、母が迎えに来るっていうの。そのまま、事務所に行きましょうって。……わたしのこれからのことで、話があるって言うのよ」

……その言葉は、確かに不安になる。

千佳の母親は、千佳の声優活動に反対している。

そんな彼女が、わざわざ事務所に何の用だというのか。

千佳の不安が由美子にも移り、互いに何も言えないまま、時間だけが過ぎていく。

更新(こうしん)された、夕暮(ゆうぐれ)夕陽(ゆうひ)のブログ

「――どうか、お願いです」

「もう学校には来ないで下さい」

千佳とともにスタジオを出る。

既に辺りはとっぷりと日が暮れ、昼間よりも人通りは少ない。

曇った空からは月も見えなかった。ビルと看板の光が街を照らしている。

「千佳」

声を掛けられ、そちらを向く。

スーツ姿の女性が腕を組んで立っていた。

厳しそうな雰囲気を持つ女性だが、千佳とよく似ている。千佳がそのまま年齢を重ねたような容姿だ。背は千佳より幾分高い。年相応の皺が顔に刻まれ、どこか疲れを感じさせた。

千佳の母親だ。

「車、近くの駐車場に停めてあるの。このまま事務所に向かいましょう」

静かにそう告げる。

そして、ついでのように由美子を見て、「こんばんは」と声を掛けてきた。

しかし、その表情は険しい。不可解なものを見るようだ。

心当たりがあるので、挨拶は返しつつも由美子はそっと目を逸らす。

以前、千佳の母と話をしたときはすっぴんだった。

真面目そうな彼女からすれば、こんなギャルは全く理解できない人種だろう。

「…………」

しかし、それを鑑みても空気が悪い。ピリつくのを感じる。

その空気を千佳も感じ取ったのか、怪訝そうに一歩後ずさった。

そもそもの行動が不穏なのだ。

わざわざ迎えに来て、いっしょに事務所へ行こうだなんて。

「ちょっと待って、お母さん。事務所にいったい何の用なの」

「ここで話しても二度手間になるから、事務所でいっしょに聞きなさい。あちらには連絡してあるから」

「なにそれ。さすがに横暴でしょう。せめて理由は言ってよ」

「あなたこそ聞き分けなさい。時間がもったいないでしょう。言っておくけれど、わたしはあなたがいないところで話を付けても構わないのよ」

「…………」

有無を言わさぬ、とはこのことだろうか。

ふたりの間に険悪な空気が流れる。

おそらくだが、声優の話をしているときはいつもこうなのではないだろうか。

普段からの積み重ねが、今の不和を作っている。

だが、それを踏まえてもこの流れは不安を覚えた。

嫌な予感がする。

この状況で事務所に行っても、とても千佳に利があるとは思えなかった。

けれど、千佳に選択肢は残されていない。

「あの、ママさん。あたしも同席させてもらっていいですか」

気付けば、そんなことを申し出ていた。自分で言って驚いたし、千佳も目を見開いている。

千佳の母だけが眉をひそめていた。

「どうしてあなたが。あなたは無関係でしょう」

「場合によっては無関係じゃなくなるので。今後のことを話すって言ってましたよね。千佳さんとはラジオをいっしょにやっているので、何かあると困るんですよ」

「佐藤……」

思いついた理由を考える前に並べ立てる。

理由としては苦しいが、どんな理由でも納得しうるものにはならないだろう。

そもそも彼女の言う通り、由美子は無関係だ。

しかし、どういう風の吹き回しなのか、千佳の母はあっさりと許可してくれた。

「まぁいいでしょう。確かに、あなたも無関係じゃないかもしれない」

そんな怖い言葉を残して。

千佳の母親の運転で、ブルークラウンのビルまでやってきた。

そこで驚く。入り口の前に意外な人物が立っていたからだ。

「……なぜ、あなたがここにいるの」

千佳の母はその人物を睨みつけ、苛立った声を上げる。

その人は気まずそうに口を開いた。

「千佳から呼ばれたんだ。千佳の今後の話をするんだろう。なら、僕が同席しても問題ないはずだ」

そこにいたのは、千佳の父親である神代だった。

彼は自信がなさそうにしながらも、静かにそう主張していた。

「同席なんて結構です。あなたに口出す権利なんてないし、邪魔なだけよ」

「僕は千佳に『いっしょにいてほしい』って言われたからここにいるんだよ」

母は千佳に目を向ける。彼女はこくりと頷いた。

「お父さんには、無理を言って来てもらったの。どんな話になるのかわからないんだもの。それに、佐藤がよくて父親の同席がダメだなんておかしいでしょう」

そんな言い方をされれば、否定するのは難しい。その通りなのだから。

忌々しそうな表情を浮かべながらも、彼女は神代の同席を許した。

ビルの入り口は既に明かりが落ちていて、受付にはだれもいない。

中にいる人に連絡するためか、千佳の母はスマホを操作し始めた。画面を見たまま、神代に苦言を呈している。

「来るにしても、もう少しまともな服装はなかったんですか」

「それは言わないでくれよ……。会社から慌てて来たんだから」

神代の服装は、パーカーとチノパンにそのままコートを引っかけたようなもので、確かにちゃんとしたものではない。そのうえ、皺もあってよれよれだ。

千佳の母がきっちりスーツを着込んでいるので、より際立つ。

「佐藤。ごめん」

千佳が前を向いたまま小さく謝る。神代の同席に由美子を引き合いに出した件だろう。気にしてない、と手ぶりで伝える。

まもなく、ビルの裏口から成瀬が出てきた。

由美子と神代がいることに驚いていたが、同席は問題なく許してくれた。

五人でビルの中に入っていく。

成瀬に連れられた先は、以前、由美子が肩身の狭い思いをした、あの応接室だった。

「お久しぶりです。渡辺さんに、神代さん。それに、歌種さんも」

応接室にはブルークラウンの社長、嘉島が待っていた。

さすがというか、神代や由美子を見ても特に動じはしなかった。

各々が挨拶もそこそこに、全員が席につく。

「それで、渡辺さん。夕暮さんのことで大事な話があるということで、こうして集まらせて頂いたわけですが。いったい、どのようなご用件でしょう」

嘉島が重厚な声で尋ねる。どうやら、彼らも何も聞いていないらしい。

千佳の母親は嘉島に冷ややかな視線を向けたあと、静かに切り出した。

「わたしは大変残念に思っています。この会社は芸能事務所として、所属タレントのことはきちんと守って頂けると思っておりました。しかし、実態はひどくザルですね。これを見てもらえますか」

千佳の母は鞄から何かを取り出す。

テーブルの上に並べるのは、複数枚のコピー用紙だ。

そこに書かれているのは、匿名掲示板でのやりとりだった。

『最近、全く夕姫見かけないんだけど。学校来てんの?』『俺、毎日大学サボってんのに見られない』『早いうちに行っておいてよかった。写真も撮れたわ』『不登校になってたりして。あんな事件のあとだし』『なるならもっと早くになってるだろ』『やっぱ何もないとつまんないな』『仕方ない。俺が取っておきを貼ってやるよ』

そんなやりとりのあと、一枚の写真が貼られている。

「これは……」

その写真に写っているのは、千住の住むマンションだった。

夕暮夕陽の通う高校は割れている。ネットでその件について話されているのは想像がつく。

しかし、家の写真まで撮られているのは予想外だった。

「この投稿者は以前に、学校の前で千住を待ち伏せしていたようです。そして、あとをつけてマンションまで辿り着き、そこで写真を撮った。部屋の番号や、実際に出入りする千住の写真を押さえたかったそうですが、そのときは失敗。このあとも待ち伏せは続けていたようですが、めっきり姿を確認できなくなったので断念した……、と書かれています」

卓上の紙に指を置きながら、千住の母は淡々と告げる。

掲示板の住民が千住を見失ったのは、彼女が変装するようになったからだろう。

しかし、もしあのまま学校に通っていたら。

見知らぬだれかに、千住の部屋が特定されていたのかもしれないのだ。

「…………………」

ぞわりとする。得体のしれない気持ち悪さと恐怖心が一気に身体を満たした。

確かにこれは、看過できない事態だ。

真っ青になっている成瀬を睨みながら、千住の母は続ける。

「あの一件以来、千住は非常に危険な状態です。そのことに関して、フォローがないばかりか、どうやら関知すらされていないご様子。さすがにもう、我慢なりません」

すっと息を吐き、無感情に続ける。

流れるような話し方に反して、次に出た言葉は何よりも重い一言だった。

「声優を、やめさせてください」

「！　お母さん！」

千佳が悲鳴のような声を上げる。

しかし、それをまるで聞こえていないかのように、つらつらと言葉を並べた。

「転校もさせます。引っ越しも考えています。もう二度と、娘をあんな奴らの被害に遭わせたくないんです。あんな犯罪者みたいな連中。あなたたちも観たでしょう。あの動画、本当にひどかった。あんなのが娘の学校や家の周りをうろうろしているんですよ。我慢できますか」

憎悪に塗れた声で、吐き捨てるように言う。

彼女が言っているのは、清水が撮影したあの動画のことだろう。

確かにあれは醜悪だった。

「ま、待ってください、お母さん！　し、心配なのはわかりますが、さすがにやめるのは考え直してください！　せっかく、夕陽ちゃんがここまで頑張ってきたのに……！」

成瀬が泣きそうな顔で、それでも力強く訴える。

けれど、それも千佳の母の眼光に、たやすく黙らされた。

成瀬が迫力に気圧されている間に、千佳の母はさらに言葉で重圧をかける。

「――頑張ってきた。だから何ですか。だから、危険に晒されてもよいと？　ふざけないでください。わたしは千佳の母親です。この子の安全を守る義務がある。……そもそも、いい加減なあなた方に娘を預けるべきじゃなかった。この状況を許した事務所にも、思うところはあります。ですが、穏便にこの子をやめさせるなら、そこは不問にしようと言っているのです」

暗に、そうでなければアクションを起こす。そう言っているように聞こえた。

脅し染みたその言葉に、嘉島はゆっくりと頷く。

「確かにそれらの問題は、こちらの不徳と致すところです。大変申し訳ございません。しかし、渡辺さん。それで彼女は納得するのでしょうか。わたしには、とてもそうは思えません」

嘉島が千佳に手を向ける。

彼女は母親をずっと睨みつけていた。

鋭利な眼光が突き刺さり、そのまま穴をあけてしまいそう。

千佳の目つきに慣れている由美子でさえ、その鋭さに怯みそうになる。

それだけ、千佳は怒りを表していた。

「――お母さん。わたし、やめるなんて聞いてない。それに、話が違う。あの一件は納得したはずでしょう。今更何を持ち出しているの」

「えぇそうね。あの人に丸め込まれて、あなたの活動は制限しないと約束した。けれど、それも限度があるわ。家を特定されているのよ。あんな醜い連中に。……自分の身の危険を考えなさい。何かあってからじゃ遅いのよ」

「それ、は……」

口ごもる。実のところ、千佳もここまで状況が悪化しているとは思ってなかったのだろう。

さすがに、家が割れているのは不気味すぎる。

家の特定を面白半分、まるでゲーム感覚でやっていることに吐き気を催す。

もし、これと同じような感覚で。

清水のように「嘘を吐いたんだから、何をされても文句は言えないはずだ」という考えの人間が接触してきたら。

それを想定すると、本当に恐ろしい話だ。

「……待ちなさい。いくら何でも、今すぐやめろというのはひどいだろう」

ずっと黙っていた神代が口を開いた。

千佳はすがるような目を向けたが、千佳の母は神代を睨みつける。

「あなたは黙っていてください。千佳に甘い顔するばかりで、何もしないくせに」

「それは今は関係ないだろう。僕はもう少し冷静になってくれ、と言いたいんだ」

「わたしは冷静です。冷静さに欠けるのはあなたでしょう。娘にこんな危険が迫っているのに、何とも思わないんですか？　取り返しのつかないことが起きたらどうするの。あなたの言うことを聞いたせいでこうなっているのよ」

千佳の母が卓上の紙を叩く。

神代はその様子を気まずそうに見ていたが、軽く首を振った。

「……確かにこれは僕も心配だ。対策をするべきだと思う。でも、それが声優をやめる、じゃ極端だと言いたいんだ。ほかに何か方法はないか、僕も考えるから」

「結構です。千佳の安全を考えるなら、元を絶つのが一番です。声優なんて仕事、危険を冒してまですることじゃないでしょう」

「待ってくれ、千佳には才能があるんだ。アニメの主演だって決まってる。今やめられるといろんな人が困る――」

神代がそう言いかけた途端、千佳の母の目に怒りの火が灯る。

はっきりと嫌悪の表情を浮かべ、我慢できないとばかりに立ち上がった。

「それが父親の発言ですか⁉　アニメの主演って、あなたの作品じゃない！　あなたが監督としてやめられると困るからそう言ってるんでしょう⁉　仕事のために娘の安全は二の次ですか！　アニメを作るために千佳には犠牲になれというんですか⁉　これで千佳に何かあっても、仕方ないで済ませるつもりですか⁉」

激昂した彼女は神代を怒鳴りつけた。

神代もそんなつもりはないのだろうが、今のは間が悪い。

それに何より、彼女は神代に対して怒りの沸点が低いように思う。

別れた夫婦が子供について話しているのだから、仕方がないかもしれないが……。

「そうは言ってないだろう……」

神代は気勢をそがれたようで、ぼそりと呟くだけだ。

千佳の母親は、そんな神代を憎々しげに睨みつける。

そうして吐き捨てるように言った。

「あなたのそういうところ、本当に嫌い」

……千佳と同じようなことを言う。

しかし、彼女のそれは心から相手を嫌っているような言い方だ。

これに比べれば、千佳の言い方は随分とやさしい。ニュアンスがぜんぜん違う。

……いや。

今思えば、ラジオが始まったばかりの頃は同じような言い方だったかもしれない。

「もうやめてよ！　お父さんもお母さんも！」

今度は千佳が立ち上がり、再び悲鳴のような声を上げた。

そして、そのまま母親を睨めつける。

「別にお母さんに活動を認められなくてもいい。どうしても反対するなら、わたしが家を出る」

千佳の母は目を細める。

本気だとは思っていないようで、呆れたような声を上げた。

「ひとりで暮らしていくっていうの？　そんなこと、できるわけないでしょう」

「お父さんのところに行くから」

きっぱりと言う。

神代は一瞬戸惑っていたが、「まぁそれなら……」というような表情を浮かべた。

そんな神代と千佳を見て、母は眉をぴくりと動かす。

大きなため息を吐いたあと、温度の低い声で言葉をつむいだ。

「――何をしようが、あなたの親権はわたしにあるの。この状況なら、未成年の労働契約を親が解除しても問題ないでしょう。この事務所との契約は破棄してもらうわ。……そうね。それでも声優をしたいっていうのなら――、せめて高校を出てから言いなさい」

あまりにもさらりと言うものだから、由美子は一瞬理解できなかった。

彼女はまるで譲歩のように言っているが、これでは全く話にならない。

声優をしたいのなら、高校を卒業してからにしろ。

つまり、一年と半年間は声優をやるな、と彼女は言っているのだ。

「ま、待ってください！」

案の定、悲鳴を上げたのは成瀬だった。

「い、一年半は、そんな、お母さん！　それは、いくらなんでも……！」

そう、いくらなんでも、だ。

夕暮夕陽は人気があるといっても、活動期間は三年に満たない。

地位を確立した人気声優が活動休止するのとはわけが違う。

一年と半年。

ひとりの新人声優が忘れ去られるには、十分な期間だ。

しかも、あの裏営業疑惑のあと。

あのあとに一年以上も姿を消せば、間違いなく夕暮夕陽は『終わったもの』として扱われる。

それは『声優をやめろ』と言うのと変わらない、残酷な死刑宣告ではないか。

「これ以上は譲りませんよ。うちの子は未成年です。この子の道を決める権利は、あなたたちにはない」

そうきっぱりと告げてしまう。

千佳はぎゅうっと目を瞑っていたが、それからゆっくりと息を吐いた。

「――わたしの道を決める権利は、お母さんにだってないわ。わたしは声優を続ける。活動休止なんて冗談じゃない。勝手なことを言わないで」

意志の強い目と声で、千佳もきっぱりと告げる。

しかし、千佳の母はそれを真っ向から受け止めたあと、冷ややかに言った。

「勘違いしないで。あなたの道を決める権利は、あなたにもない。親の権利よ」

「何を……」

「そもそも。あなたは何のために声優を続けるというの」

千佳が言い返す前に、彼女はぴしゃりと言う。

突然の投げかけに、千佳は虚を突かれる。戸惑った表情のまま、口ごもった。

「な、何のためにって……」

「わたしにはそれがわからない。だって、あなたの周りには敵しかいないでしょう？　あなたのファンだった人はどうなった？　今はこんな面白半分でストーカーをする人ばかりでしょう。ファンを騙して、裏切ったと批難されて、あんなふうに叩かれて。これだけ敵意を向けられて、なんでまだ声優を続けたいって思えるの」

「っ…………」

スムーズに出てくるその言葉は、的確に千佳の弱いところを突き刺していた。

横で聞いている由美子でさえ、あぁまずい、と感じ取れる。

めくるとの一件もあり、彼女はそのことに対して揺れている。

まだ整理がついたわけじゃない。

だからこそ今、彼女の動きは止まってしまった。

「……はい。じゃあ、話を進めましょうか。ほら、千佳。座りなさい」

完全に千佳の母のペースになっている。

千佳は従いはしなかったが、何も言えずに立ち尽くしていた。

成瀬はおろおろするばかり、嘉島は黙ったまま動けないでいる。神代だって同じだ。

このままでは、本当に千佳が活動停止になってしまう。

そんなこと、見過ごせるはずがない。

「ま、待ってください！」

由美子が勢い良く立ち上がると、一気に視線が集まってくる。

今までずっと黙っていたのに、急に声を上げたのだから当然だ。

千佳の母は無表情で、千佳以外は心配そうに、そして千佳はすがるような目でこちらを見上げていた。

だが、夢中で声を上げただけで、何か策があるわけではない。

かといって、今から何かを考える時間もなかった。

自分の気持ちをそのままぶつけるしかない。

「渡辺に、夕暮夕陽にやめられるのは困ります！　夕暮夕陽は、歌種やすみの、あ、相方なんです！　……ラジオの！　今、せっかくラジオが上手くいきかけてるんです……！　やめられたら困るんです！」

とにかく思いついた言葉を口にするが、そのせいで何とも自分本位なものになってしまう。

救いなのは、千佳の母がそれをばっさり切り捨てなかったこと。

さすがに娘の同級生に強く言うつもりはないのか、淡々と答えた。

「それは残念だと思うけれど、割り切ってもらうしかないわ。あなたが困ったとしても、その程度で……」

「そ、それだけじゃないです。渡辺がやめるのは、い、嫌なんです。あたしが」

自分で言っていて、なんだそれ、と思ってしまう。自然と声が小さくなる。

……いや、声が小さいのは恥ずかしいことを言っているからだ。

そのせいで言葉を続けられない。すると、千佳の母親は小さく首を傾げた。

「どうして？」

「どうしてって……、ママさんだって知ってるでしょ。あ、あたしが……、渡辺のことをどう思っているか……」

ごにょごにょと彼女に伝える。

以前、自分が千佳にどんな思いを抱いているのか、千佳の母には語っている。

だから、こう言えば伝わるはずなのに、千佳の母は首を傾げたままだ。

……ここでもう一度言えというのか？　本人の前で？

自分は千佳に憧れている。尊敬しているし、嫉妬もする。目標でもある。

そんな千佳にいなくなってほしくないのは、当然じゃないか、と。

顔が急激に赤くなる。

つい、千佳に目を向ける。彼女は不安そうな顔でこちらを見ていた。

ぐっと唇を噛む。言うしかない。

いくら恥ずかしくても、むず痒くても、本人の前で尊敬している気持ちを口に出す。

そうしないと、ここで話は終わってしまう——。

「あ、あたしは渡辺を——」

「いいえ。あなたの気持ちは関係ないの。問題は敵意を向ける人がいる、外にあるのだから」

……なんと殺生な。彼女はあっさりと話を打ち切ってしまう。

せっかく覚悟を決めたのに、これでは無意味に感情を揺さぶられただけだ。言いようのない羞恥を感じて、震えそうになる。

いや、わざわざ気持ちを伝えなくていいのは助かったが……。

と、そこまで考えてはっとする。

テーブルの上に並んだ、数枚の紙。悪意の塊。これを手に取り、慌てて言葉にする。

「こ、この人たちに気持ちを伝えます」

由美子の話に、千佳の母は不可解そうな顔をする。

何かを言われる前に、由美子は急いで意見を並べ立てた。

「本当に困っているから、こういうことはやめてください。もう学校にも来ないでください。そんなふうにちゃんとお願いをします。それでこういう行動がなくなったら、どうですか。危険がなくなったってことで、活動休止は勘弁してくれませんか……？」

「……あなた、それ本気で言っているの？　そんな言葉で、お願いしただけで、こんな人たちが素直に聞いてくれるって本気で思っているの？」

冷たい視線を浴びせられる。

もはや、哀れなものを見るような目だ。

しかし、由美子は怯むことなく思いを口にする。

「ママさんは、あたしたちのファンが危険な奴らだから、危ない奴らだから、離れるために声優をやめろって言いたいんですよね」

「……その通りだけれど。実際、危険でしょう？」

「ですよね。正直、あたしも勘弁してくれって思います。学校にも来んなよ、って思います。度が過ぎてんなぁ、って感じるときだってあります。やんなっつってんのに、ライブで飛び跳ねたり、気持ち悪いリプ飛ばしてきたり。ろくでもない連中だって思ったことは、もちろん何度もあります」

千佳の母親が眉を寄せる。

由美子が何を言いたいのか、わからないのだろう。

由美子は咳ばらいをしてから、真剣に言う。

「でも、基本的にはいい人たちなんです。こっちが真摯に接すれば、あっちも真剣に返してくれる。助けてくれるし、力になってくれる。ライブやイベントで声を聴いて、ファンレターをもらって、どれだけ力をもらったかわからないくらいで。だから、今回もちゃんと伝えれば、きっとわかってくれると思うんです。お願いです、せめてチャンスをくれませんか……！」

自然と声に熱が乗る。力強く、一生懸命に訴えた。──しかし、彼女の反応は良くない。

変わらず冷めた視線をこちらに向けるばかりで、全く響いていなかった。

それどころか、バカにしたような笑みで肩を竦める。

「あなたは、お願いすればもう彼らは来ないっていうの？」

「そう信じてます」

「ふうん。こんな人たちを信じるって？　言えば聞き分けてくれるって？　随分と素敵なことを言うのね」

「…………」

彼女の声がどんどん冷えていく。お話にならない、と言わんばかりに首を振った。

呆れるようにため息を吐くと、その目に嗜虐的な光をたたえ、静かにこう告げる。

「なら、こういうのはどう？　日時を指定して、『わたしたちは学校帰りに商店街を通って駅に行きます。ですが皆さん、どうか来ないでください。もしだれかに声を掛けられたら、声優活動を休止します』ってネットで知らせるの。それでも本当にだれも来ないと思う？」

……意地の悪いことを言う。

由美子の言葉を鵜呑みにするなら、確かにだれも来ないだろう。

しかし、現実的に考えればそんなはずがない。ありえないと言ってもいい。

あえて悪意を呼ぼうという意思すら感じる。

由美子が黙り込んだのを見て、彼女は皮肉げな笑みを浮かべた。

「本当にだれも来ないなら、それが成功するのなら、千佳の活動休止を取り下げてもいいわ」

無茶だとわかっているからか、そんな軽口まで出てくる。

絶対に成功しないと確信している。……実際、成功しないと思う。

部屋の空気がさらに重くなった。いくら何でも……、という感情が全員に伝播する。

「やる」

しかし、千佳は声を上げた。

不可能としか思えない条件にも関わらず、彼女はそれに応じる。

「どうせ、お母さんは何を言っても聞き分けてくれないんでしょう。少しでも可能性があるなら、わたしはそれに乗る」

自棄を起こしたわけではなく、現状ではどうにもならない、と悟ったうえでの発言らしい。

それに、と千佳は続ける。

「活動休止になるにしても、ファンに引導を渡されるのなら諦めもつく」

「渡辺……」

彼女は、自身がアイドル声優であることを疑問に感じていた。ファンを騙すことを心苦しく思っていた。その罪悪感は強く残っている。

だからこそ、ファンによって道を阻まれるのなら、まだ納得もできる。

千佳の想いはとても彼女らしいが――、その想いすらもあっさりと潰えた。

「……何を本気になっているの。冗談に決まっているでしょう。そんなこと、させられない」

千佳の母親は、そう意見を翻してしまう。

「ま、待ちなさい。それはあんまりじゃないか」

異を唱えたのは神代だ。確かに、今のはひどい。自分から条件を出しておいて、乗ったら引っ込めるだなんて。

「ええ、あんまりです。渡辺さん、せめて何か道を作っては頂けませんか。これではあまりに一方的ではありませんか。わたしもできる限りのことを致します。どうか考え直してはくださいませんか」

機をうかがっていた嘉島が応じる。それに呼応するのは成瀬だった。

「そ、そうです、お母さん！　何か、何か考えてあげてくれませんか！　さっきのような……、いや、さっきのはさすがに厳しすぎると思いますが、何か、この条件を満たせるなら声優を続けてもいい、といった何かを、お願いできませんか。わ、わたしもなんでもしますから！」

重々しく丁寧に言葉を並べる嘉島と、泣きそうな顔で何とか意見を口にする成瀬。

「そうだよ。もう少し千佳のことを考えてあげたらどうだ。僕だって協力する」

彼らに合わせて、さらに言葉を重ねる神代。

「そ、そうですママさん！　あたしも、渡辺が活動続けられるんだったら、いくらでも協力するから！」

由美子だって必死に加勢する。

どうにかなってくれ、という思いを込めた。

しかし、それらすべての彼らの様子を、

千佳の母は鬱陶しそうに見つめていた。

目を瞑ってから、大きな、大きな、本当に大きなため息を吐く。

そうして、ゆっくりと目を開いたとき、そこには千佳と似た鋭い眼光を携えていた。

「――そう。では、こうしましょう。由美子ちゃんも千佳と同じような状況でしょう。相方だとも、協力するとも言ったわね。なら、由美子ちゃんも自分の声優活動を賭けて、さっきの冗談をいっしょにやったら？　学校帰りに声を掛けられたら、活動休止って話よ。それならやってもいいわ。それが最大限の譲歩。ちょうどいいわよね、あなたはファンを信じているんでしょう？」

「――――え」

思ってもないところからの言葉だった。

自分も千佳と同じことをする？

さっきの絶対に失敗するだろう条件で？

失敗したら、自分も千佳と同じく声優活動を休止する。

高校卒業までの一年半以上、声優活動ができなくなる。

あまりにも現実感のない事柄に、完全に思考がストップした。

その間に、周りの大人たちが声を上げる。

「わ、わ、わ、渡辺さん！　そ、そんなことはさせられません！　歌種さんは他事務所の子なんですよ……！　い、いえ、同事務所ならいいってことじゃないですけど……！」

「そうです。それはどの観点からでも問題があります。冗談にもならない。絶対にいけません」

成瀬と嘉島がすぐに否定し、それから千佳が言葉を重ねる。

はっきりと表情に怒りの色を乗せて、けれど無感情な声で言った。

「ふざけないで。佐藤にそんなこと、させられるわけないでしょう」

次々と重なる反対の言葉を、千佳の母親は無表情で受け取る。

それらが最初からわかっていたかのように口を開いた。

「えぇそうね。そんなことはできない。そして、あなたたちにできることも何ひとつない。わかった？　これでこの話は終わりなの」

話し合いは終わった。

結局、千佳の事務所退社の話を取り消すことはできなかった。

最低でも一年半の活動休止だ。

千佳の母は、後日改めて契約解消の手続きを進めるから、書類を用意しておいてくれ、と成瀬に告げていた。成瀬は黙って従うしかなかった。

神代はもの言いたげだったが、仕事があるらしく慌てて会社に戻っていった。

三人でビルから出てすぐ、千佳の母は足を止める。

「由美子ちゃん。もう遅いから送っていくわ」

「え。あ、あぁいいですいいです」

「でも」

「帰りにスーパー寄りたいんで。本当大丈夫です、ありがとうございます」

愛想笑いで断る。買い物はでっち上げだ。

気持ちはありがたくもなかったが、正直、あんな話をしたあとでいっしょの車に乗りたくない。地獄のような気まずさが車内を満たすだろう。

由美子が断ると、彼女は無理にとは言わなかった。

それなら、と千佳に顔を向ける。

「千佳。帰りましょう」

そうとだけ言って、車の方に歩き出す。

しかし、すぐに足を止めて振り返った。

千佳が返事もせず、ついてきもしない。その場で顔を伏せていることに気付いたからだ。

「何をしているの。帰るわよ」

「……帰りたくない」

まるで子供のような言い分に、千佳の母親は顔をしかめる。苛立たしげに口を開いた。

「帰りたくない、ってどうするつもりなの」

「………………」

「ふて腐れても仕方がないでしょう」

「………………」

「……あの人のところに、行くつもりなの？」

「………………」

「……勝手になさい」

彼女はそうとだけ言い残すと、そのまま歩いて行ってしまった。

千佳が追いかける様子はない。

千佳の気持ちは察して余りある。

あんなふうに一方的に話を付けられ、こちらの意見は完全無視。納得いくわけがない。

「渡辺、どうするの？　お父さんのところに行くの？」

あの人、というのは神代のことだろう。

千佳の母が置いていく結論を出したのも、どうせ父親の元に行くだろうから、と判断したからだと思う。

その選択も含めて、彼女は面白くなかっただろうけれど。

千佳は顔を伏せたまま、ぽつりと返答する。

「……お父さんは今、仕事が忙しいらしくて。今日は会社から戻ってこないと思う」

「え。じゃあどうするの」

「…………………」

そこで初めて、困ったような顔をした。

どうやら、意地を張って母親に「帰らない」と言ったものの、特に考えがあったわけではないらしい。

とはいえ、別に帰れないわけではない。

母親に嫌味を言われるかもしれないが、少し間を置いて帰宅すればいいだけだ。

さすがに、千佳に街で夜を明かす度胸があるとは思えない。

ただ、嫌だろうな、とは思う。

帰りたくない、という気持ちだって、偽らざる本音だろう。

由美子は髪をかしかしとかく。

「うち来る？」

静かに問いかける。

すると、千佳はすがるような目でこちらを見上げた。

「いいの？」


「あー。言っておくけど、うちは渡辺んちみたいに綺麗じゃないからね」

家に入る前に、念のためにそう伝えた。

考えなしに連れてきたが、尻込みはする。

由美子にとって我が家は、幸せな思い出が詰まった大好きな家だが、千佳の家のように高級なマンションではない。母の実家で、古い一軒家だ。

玄関の扉を開き、電気をつける。千佳はきょろきょろと物珍しそうにしていた。

由美子が廊下に進むと、慌てて追いかけてくる。

「良いお家ね。なんだか、あったかい感じがする」

「そう？」

彼女の言い方がとても穏やかで、お世辞を言っているようにも聞こえない。

そう言ってもらえるのは嬉しかったが、同時に照れくさくもあった。自然と答えが素っ気ないものになる。

千佳を居間に通す。

「あー、適当にくつろいでて」

そう言ってみたものの、千佳は所在なげにしていた。

以前、人の家に遊びに行ったことがないと言っていたし、初めて来る家だから緊張もするだろう。

由美子はそれ以上何も言わず、冷蔵庫を開けた。

「……渡辺ー。ミートソースでいい？」

「……？　なにが？」

「晩ご飯。冷凍で悪いけど」

「え、あ。わたしは、なんでも。お、お構いなく」

たどたどしい返答に笑いそうになる。

笑いをかみ殺しながら、冷凍庫からミートソースのストックを取り出した。

せっかくだから、ちゃんとしたものを作って食べさせてあげたいとは思う。

だが、もう夜も遅い。明日は学校だ。料理に時間をかける気力はなかった。

あとで母には、手抜きでごめんね、とメッセージを送っておこう。

解凍してパスタを茹でるだけだから、準備はすぐに終わった。

「いただきまーす」

「いただきます」

千佳と向かいに座り、手を合わせる。

千佳はあまり食欲があるように見えず、ゆったりとした動作でパスタを口に運んでいた。が、口に含むと少しずつ動きが活発になる。意識してなかっただけで空腹だったのかもしれない。

「おいしい。なんだか不思議ね。朝加さんのところで食べたときと同じ味がする」

「そりゃ同じ人が作ったんだから同じ味がするでしょうよ」

「こうして同じ味を食べることがあるなんて、思ってなかったから」

そう言われると確かに。

千佳に料理を振る舞うのは三度目だが、そんなに機会があるとは思わなかった。

ましてや、自分の家でもお泊まりだなんて。

そう考えると不思議な状況だ。千佳がうちでご飯を食べている。夕暮夕陽としても、渡辺千佳としても、考えもしなかったシチュエーションだ。

それというのも、あんなことがあったからだが。

「……渡辺。ママさんはあぁ言ってたけどさ。声優を続けられる方法はないか、考えようよ。活動休止も引退も冗談じゃない。そうでしょ」

触れなかったことに触れる。

由美子としてはそれなりに力強く言ったつもりだが、千佳の声はそれに比例しない。

目を伏せたまま、「うん」と気弱なものだ。

「もちろん、そのつもりではあるけれど。うちの母は、一度言うと聞かないから……」

そんな返答に愕然とする。

てっきり、いつもの調子で可愛げのない笑みを浮かべ、負けん気を発揮すると思っていた。

しかし、今の千佳はまるで受け入れ始めているように見える。

……やはり、あの一言が効いたのだろうか。

あなたの周りには敵しかいない。かつてのファンはみんな敵意を向けてくる。その状況で、
声優を続けたい理由がわからない。

その一言が、彼女の気迫を奪ってしまった。

「佐藤」

名前を呼ばれてはっとする。慌てて顔を上げると、彼女は静かに続けた。

「佐藤こそ、バカな考えを起こさないでよ。母の言うことは真に受けないで」

彼女が言っているのは、あの賭けについてだろう。

由美子の声優活動を賭けるのならば、勝負に乗ってもいい、というものだ。

しかし、千佳に言われるまでもない。

成瀬や嘉島も言っていた通り、冗談にもならない。

歌種やすみの声優生命は、由美子のものではない。事務所のものだ。

由美子が本気で勝負を受けたいと思ったとしても、絶対に許されない。

とはいえ、わかっていても引っかかりはする。何もできないことが後ろめたくはある。

曖昧な返事をして、由美子はのろのろとパスタを食べ進めた。

それ以降はほとんど会話もなく、遅い夕飯は食べ終わってしまった。

「洗い物する」と言う千佳を押しとどめ、とにかくソファに座らせた。楽にしてていいから、と何度も言い聞かせ、食器類を片付ける。

お風呂が沸くのと、洗い物が終わるのはほぼ同時だった。

「渡辺。お風呂沸いたから入ってきなよ」

そう声を掛けたものの、千佳からの返事はない。

彼女の姿を見て、少し寂しい気持ちになる。

千佳はソファに腰かけ、肘掛けに身体を預けていた。ぼうっとした目でテレビを観ている。

明らかに上の空で、身体からは力が抜け落ちていた。

今、彼女は頭を整理するのでいっぱいいっぱいなのだろう。

あんな話を一方的に持ち掛けられたのだ、いつも通りでいられるわけがない。

しかし、このままでいるのが最善だとはとても思えなかった。

「……あ。佐藤。どうしたの」

「お風呂、沸いたから。入りなよ」

「あぁ……、いいわ。佐藤が先に入って。わたしは、そのあとでいいわ」

「いいから。あんた、一回考えるのやめな。ゆっくりお風呂に入って、考えリセットすんの。そんなんで考え続けてもいいことないって。一回休みなよ」

「うん……」

返事はするものの、従う様子はない。

やはり上の空で、由美子の話もどこまで聞いているのか。

そんな千佳を見るのが嫌で、仕方なしに冗談を言った。

「何なら、いっしょにお風呂入る？　前みたいに」

千佳は驚いて顔を上げた。目をぱちぱちして由美子の顔を見つめる。

そして、つまらない冗談を聞いたように——いや、実際つまらない冗談なのだが——苦笑いを浮かべた。

「……今のわたし、あなたにそこまで気を遣わせるほど、ひどい顔してる？」

「してる。元気もない。とにかくリフレッシュしてほしい」

由美子の言葉に、千佳は「ダメね」と顔を両手で覆った。

肺の空気をすべて吐き出すように、ふぅーっと深く息を吐く。

そうして顔を上げると、さっきよりは多少顔色がよくなっていた。

「そうね。反省したわ。こんなコンディションで、いい考えなんて出てこないわよね。ありがたくお風呂を頂戴するわ」

そう言って立ち上がる。

由美子はほっと息を吐く。へたくそな冗談でも役に立ったらしい。

何にせよ、千佳の気持ちが少しでも上を向いたならよかった。

しかし、千佳はそこで思いも寄らぬことを口にする。

「あなたがそこまで言ってくれるなら、いっしょにお風呂に入りましょうか」

……え？


──と、いうわけで。

「……ふむ。確かにふたりで入るには、少し狭く感じるわね」

「少しどころじゃないでしょ、これ……。あぁもう、だから言ったのに」

またもや、千佳といっしょにお風呂に入ることになっていた。

うちの浴槽は小さいから、と言っても彼女は聞く耳を持たず、脱衣所に着くなりさっさと脱ぎ始めてしまったのだ。

今思えば、その時点で自分だけ居間に戻ればよかった。

けれど、背中を向けていたとはいえ、しゅるしゅると服を脱ぎ出す千佳に動揺した。いや、だって。相手はあの夕姫なのだ。夕姫がうちの狭い脱衣所の中、目の前で肌を晒していく。

体育やライブの着替えで、彼女の下着姿を見たことはある。

しかし、普通はここまで接近して脱衣はしない。

しかも躊躇なく、下着もぽんぽんと脱いでいく。

現実感がなさすぎて、「どういうこと……？」と混乱していたら、こう言われてしまった。

「入らないの？」

さも当然のような口調に、完全に流された。

気付けば身体を洗い終え、ふたりですっぽり浴槽に収まっている。

「渡辺の家みたいに、広いならまだしもさぁ」

「うちだって、ふたりで入るには狭かったでしょう。そもそも、家風呂の浴槽ってふたりで入る用にはできてないから」

「そこまでわかってるのに、なんでいっしょに入った？」

おかしな状況に頭が痛くなる。

千佳は向かいに座って、なんだか楽しげにしていた。

これだけ近くにいれば、彼女の裸体がしっかりと見えてしまう。

体つきは全体的に細い。腕も脚もすらりとしている。特に脚がとても綺麗で、羨ましく思う。

無駄な脂肪が一切なく、肌がとてもきめ細かい。つい触ってみたくなった。

綺麗な形の鎖骨、細くて滑らかな腰つき、きゅっとしたお尻。

胸は慎ましいけれど、彼女は上品な色気を身に纏っていた。

それが触れ合う距離にあるのだから、どこを見ていいのやら。

足は折り畳み、互いの足の間に入れるようにしているが、それでも狭いものは狭い。

身じろぎしようものなら肌が触れ合う。

お湯がちゃぷんと音を立てる。


「…………」

「…………」


いや、黙るなよ。

気まずくなるだろ。

そんなことを考えるものの、自分から話題は出てこない。

この状況にただただ困っていると、千佳がそっと口を開いた。

「ぜんぜん今と関係ない話をしてもいい？」

「どうぞ。むしろ大歓迎。そういうの待ってた」

「柚日咲さんのことなんだけれど」

思わぬ名前が出てきた。少し緊張する。

こう言ってはなんだが、彼女の名前が出て楽しい話になるとは思えない。

どうやら真面目な話らしく、彼女の目は真剣だった。

少し目線を落としながら、淡々と語る。

「柚日咲さんってね。わたしと身長、さほど変わらないのよ」

「あぁ……、そうね。だいたい同じくらい？」

「そう。なのにあの人――とても立派な胸を持っているのよ」

「めちゃくちゃ今と関係してるじゃん！　ていうか、人の乳を見ながら話すな！」

げしげし蹴ると、ようやく彼女は顔を上げた。

真剣な顔をして人の胸を見ていたらしい。

しかも彼女は悪びれもしない。

自分の貧相な胸板に手を当てて、真面目な表情を崩さなかった。

「佐藤、これは重要なことなのよ。わたしはこんななのに、同じ背格好の柚日咲さんは良いものをお持ちでしょう。これってどういうことなのかしら」

知らんがな。

そう言いたいところだが、千佳にとっては由々しき問題なのかもしれない。

確かに、彼女の指先に大した膨らみはない。普通の女性と比べても薄いだろう。

反面、めくるの胸はかなり大きめだ。

小柄な身体、幼い顔立ちに比べ、胸の膨らみは豊かなのだ。

そこを魅力に思うファンも多い。

しかし、さすがに本人に「なんでそんなおっぱい大きいんですか？」とは訊けない。

「……食生活の違いじゃない？」

ぽろりとこぼれる。これが正解じゃないだろうか。

背丈は同じくらいでも、めくるは千佳ほど瘦せてはいない。

やわらかく、女性らしい肉付きはある。少なくとも千佳よりは食べているだろう。

「お姉ちゃん、もうちょっとご飯食べたほうがいいよ。ていうか、ちょっと瘦せた？」

千佳の身体を見ると、やはり全体的に細い。

脇からお腹にかけてのラインは実に綺麗だが、もう少し肉を付けた方がいいように思う。

お腹周りや胸周りは、以前裸を見たときより、少し瘦せた気がする。

……いや、以前裸を見たときより、ってなんだ。どういう回想だ。

自分自身に動揺していると、千佳は自分の身体をぺたぺた触りながら口を開く。

「そうかしら……。でも、最近はむしろ食べてるわよ。佐藤を見習って、わたしも自炊するようになったから」

「え、そうなの。偉いじゃん」

「うん。冷凍食品でもおいしいものがいっぱいあってね、飽きなくて助かってるわ。カップ麺もあるし。今度、レトルト食品に挑戦しようと思ってるの。がんばるわ」

「…………………」

マジか、この女。

冷食やカップ麺を自炊と言い張っているのか。

そんなことある……？

しかし、冗談を言っているような顔でもない。

「佐藤はいつもおいしいものを食べているから、胸が大きいのかもしれないわね」

「いやまぁ……、いいよ、それで……」

なんだか悲しくなってきた。

やっぱり、無理してでもご飯作ってあげた方がよかったかな……、なんて考えていると、視線を感じる。

千佳が何やら、物欲しそうな目を人の胸に向けていた。

「佐藤。物は相談なのだけれど」

「おっぱい触るのはなしだよ」

「まだ何も言ってないじゃない」

千佳はむっとして言い返してくるが、先に続く言葉はない。どうやら図星でげんなりする。

やはり、前回のやりとりに味を占めたらしい。

同級生の女子に延々と胸を揉まれる経験なんて、一度で十分だ。千佳は楽しいかもしれないが、こちらはただただ気まずい。損しかない。そんな思いしてたまるか。

由美子がすげなく断ったせいか、千佳はそれ以上何も言わなかった。

物憂げな顔で、壁の方を見ている。

そのまま、ぽつりと言葉をこぼした。

「佐藤。わたしと母のやりとり、覚えてる？」

「……そりゃ、まぁ。さっきのことだし」

「それならわかってくれると思うけど。わたしは落ち込んでいるのよ。元気がないの。活動休止になるかもしれないんだもの。それに、母からあぁも反対されるとね」

そして、これ見よがしにため息を吐いてきた。

こいつ……。

「………………」

いや、それはずるいじゃん。

そんな言い方されたら、もうこっちはどうしようもないじゃん。

ていうか、なんで自分の危機的状況をこんなに容易く利用できるの？　心臓鋼でできてる？

小癪にも、目を伏せたり、肩を落としたり、見るからに落ち込んだ雰囲気を演出してくる。

そして、こちらをちらちらと窺いながらの、ダメ押しのこれだ。

「佐藤が前と同じ言葉を言ってくれれば、わたしはきっと元気になれるのだけれど……？」

ぐぅ、と喉の奥で声が鳴る。どうしようもない。あっちはなりふり構わず、すべてのカードを切ってでも目的を遂行しようとしている。どんだけ胸触りたいんだこいつ。

その悪行に屈するしかなかった。

「……そんなに気になるなら、触ってもいいよ」

「いいの⁉」

いいの⁉　じゃねーよ。しらじらしい。

以前と同じように、彼女は胸の前で拝み始める。

「ありがとう、佐藤。やはりあなたは慈悲深いわ」

「言わされてるだけなんだよなぁ……、あんた、本当に性格悪いわ……」

「え、なに？　それより早く、身体をお湯から出しなさいな」

「こいつ……」

お風呂からあがったあとは、由美子の部屋で過ごした。

床に客用の布団を敷き、千佳はそこにちょこんと座っている。

彼女はぼうっとスマホを眺めていた。

パジャマは由美子のものを貸したので、少し袖を余らせている。大きめのパジャマを着ている姿は普通に可愛らしい。

突然のお泊まりではあったものの、家には時折、若菜が泊まりにくる。それほど困ることはなかった。

由美子は自分のベッドでスマホをいじっていたが、動画の更新に気付く。

早速、それを再生し始めた。

『みなさーん、くるくる～。『柚日咲めくるのくるくるメリーゴーランド』、第220回が始まりました！　今回のゲストさんは、えーと、そうですね……（笑）　すっごい既視感あるんですよね……（笑）とにかくご紹介しましょうか！』

『みなさん、くるくる～！　どうも～、ハートタルトの桜並木乙女です！』

『みなさーん、くるくるー！　どもども、ハートタルトの歌種やすみでーす』

『みなさん、くるくるー。こんにちは、ハートタルトの夕暮夕陽です』

『うん、全っ員近々で来た！　みんな、この前来たばっか！　確かにユニットで来たのは初だけど！　別に来てもいいけど、普通もうちょい間を空けない？』

『事務所の先輩に何度も呼んで頂けるなんて、後輩として頭が高いです』

『鼻ね。高いのは鼻。確かに夕陽ちゃん、後輩にしては頭が高いとは思うけどね？』

『めくるちゃん、めくるちゃんっ。『今日は告知で来たんじゃないよね？』って訊いて訊いて！』

『小声で言ってもマイク拾ってるから！　なんでそのやりとり気に入ってるの？　乙女ちゃんは告知でしか来てくれないでしょ！　今回も、前回も告知！』

『あ、そうなんですよ〜。わたし、前回は『劇場版プラネット・ヘブン』の告知でお邪魔してて。先日PVも公開されて、とてもご好評を頂いてまして……』

『待って姉さん、やめて。あたしたちにビッグタイトルの告知ぶつけんのやめて』

三人のゲストを捌きながら、めくるが進行していく様を眺める。

「この間の？」

番組を観ていると、千佳がベッドに上がってきた。隣に寄り添い、画面を眺める。

しばらく、黙ってふたりで番組を視聴していた。

すると、千佳が由美子の肩にこてん、と頭を乗せてくる。

「不思議ね。ついこないだの収録だったのに、随分と昔に感じる」

由美子もそれは感じていた。

めくるはポーズだが、スマホの中では四人が明るく話をしている。スタッフの笑い声も聞こえていた。雰囲気はとてもいい。あまり笑わない千佳も、時折表情を緩めていた。

この番組の出演は、マネージャーが状況を打破するために取ってきた仕事だ。

夕暮夕陽のこれからを見据えて、先を繋ぐための仕事のひとつ。

だっていうのに今は、声優を続けられるかどうかの話をしているなんて。

見て見ぬふりをしていても、不安がすぐに心を満たす。

千佳から徐々に活力が抜け落ちていく様を、目の前で見ているせいもある。

「……渡辺。あんた、諦めてないよね。まだ何か方法は……」

「バカ言わないで。諦めるわけないでしょう。そんなわけ、ないでしょう」

そう否定するものの、彼女の声は小さく、弱い。消え入りそうな声だった。

胸を締め付けられるようなその声に、由美子は何も言えなくなる。

結局、そのあと何か話をすることもなかった。

動画を観終わったあと、自然と就寝する空気になる。

「電気消すよ」

「ええ」

「おやすみ」

「……おやすみ」

そんなやりとりをしたあと、ぱちりと電気を消す。

布団に潜って、真っ暗な天井を見上げても、眠気はやってこなかった。

身体は疲れているはずなのに、思考がぐるぐると繰り返され、目は冴えたまま。

千佳の方を見る。

彼女はこちらに背中を向けている。もう眠ったかどうかはわからない。

渡辺、と声に出さずに名前を呼ぶ。

当然、聞こえていないのだから振り向かない。

暗い部屋の中、千佳から目線を外して再び天井を見る。

——どうにか、千佳の活動休止を避ける方法はないだろうか。

そう考えたとき、どうしても頭に浮かぶのは例の勝負だ。

取りつく島がなかった千佳の母が、唯一、戯れで口にしたあのバカげた勝負。

あれに由美子が自分の声優活動を賭けて参加し、千佳とともにクリアすれば、晴れて千佳は声優を続けられる。

「……バカなことを」

きゅっと目を瞑る。

本当に勝負が成立したとしても、絶対に成功するはずがない。

声を掛けられたらわたしたちは活動休止です。ですから、声を掛けないでください。

断言してもいいが、そんなことを言えば、こぞって人が押し掛ける。

由美子たちを許せないと憤り、やめろ、と番組にメールを送る人たちが存在するのだ。調べてはいないが、ネットではそんな人たちが溢れているに違いない。

そうじゃなくとも、悪意のある人はどこにだっている。

自分の行動ひとつで声優の未来を閉じられることに、魅力を感じる人は絶対にいる。

そんな敗戦必至の勝負に、自分の声優活動を賭けろ、だなんて。

そもそも、加賀崎になんと言えばいいんだ。

『失敗したら活動休止で、負けることはほぼ確定なんだけど、この勝負を受けてもいい？』

以前、素の顔を晒したことを、あんなにも一生懸命怒ってくれて。

あんなにも自分のために動いてくれる人に、そんなバカげたことを伝えろと。

マネージャーはもちろんのこと、事務所が絶対に許可を出すわけがない。

加賀崎に相談することすらしたくない。

彼女にこんなバカげた話を聞かせて、これ以上失望されたくない。

「…………」

なら、どうしろと言うのだろう。

千佳は大人しく、活動休止するしかないのだろうか。

その考えに到達した瞬間、ぐっと胸が苦しくなる。頭の中がぐちゃぐちゃにかき乱される。

嫌だ。そんなのやだ。もっと夕暮夕陽を見ていたい。いっしょに仕事を続けたい。

感情が荒ぶるのを必死に押し留め、眠るために掛け布団を頭からかぶった。

翌朝。

普段なら家の中でぬくぬくしている時間帯だが、由美子と千佳は家の外にいた。

千佳が登校前に一旦家に戻る必要があるので、早めに起きたのだ。

朝の空気は冷たく、周りも普段より静かだ。

軽く両腕を擦りながら、由美子は苦笑いを浮かべる。

「悪いね、荷物増やして」

「いいえ」

千佳は小さく笑う。

彼女は昨夜家に来たときよりも荷物が増えていた。少し大きめの紙袋をぶら下げている。

お土産だ。仕事帰りの母に捕まったせいである。

『あらー、あなたが渡辺ちゃんね？　ん、ユウちゃんって呼んだ方がいい？　ラジオ聴いてるわ～。いつも由美子の相手、ありがとねぇ。でもあなた、本当に細いわねぇ。ちゃんと食べてる？　あ、そうだ。いいものがあるから持って行きなさい――』

という感じで、ガンガン食べ物を持たされたのだ。

「やさしくて、いいお母さんね」

千佳は穏やかな表情でお土産の袋を見下ろす。

普段なら、まぁねぇ、なんて照れ笑いを浮かべるところだ。

しかし、今まさに母親とのいざこざで悩む千佳に、そんなことは言えようがない。

「それじゃあね」

「うん」

そんな短いやりとりをして、千佳の小さな背中を見送った。

彼女の後ろ姿に、言いようのない寂しさを覚える。

けれど、何も言えないまま、その背中を見つめ続けた。

「…………」

千佳の姿が曲がり角に消えたあと、こつん、と塀に頭をぶつける。

そのまま、ずるずると座り込んでしまった。

足から力が抜ける。心が立ち上がることを拒絶する。

こんな姿、だれかに見られたら心配される。声を掛けられてしまう。だからさっさと家の中に入るべきなのに、由美子はそっと手で顔を覆った。

昨日はほとんど眠れなかった。

ぐるぐると同じことばかり考えてしまって。

このままでは、千佳の母によって夕暮夕陽は活動休止に追い込まれる。

それを退ける勝負の話も、由美子が参加できないのだから成立しない。

かといって、黙って見ていることなんてできない。

じゃあ受けるのか？　あの勝負を？　どうにか加賀崎たちに話を通して？

「無理だよ……」

声がぽつりとこぼれて、地面に落ちていく。

加賀崎たちに強引に話を通して、関係を悪化させてまで勝負に挑んだとして、待っているのは覆しようのない失敗だ。

そうなれば、由美子だって千佳と同じく、高校卒業まで活動休止となる。

「う………」

思わず、口を手で押さえる。

想像しただけで涙がこぼれそうだった。

自分は千佳とは状況がぜんぜん違う。現状でも仕事がないのに、一年半もの間、活動を休止していたら、その先に戻る場所なんてあるはずがない。

そもそも、加賀崎だって愛想を尽かす。

声優を、やめることになる。

……嫌だ。そんなの嫌だ。せっかく声優になれたのに。今まで頑張ってきたのに。まだ何も成し遂げてない。プリティアに手を伸ばすことすらできていない。まだ頑張りたい。諦めたくない。なのに、やめなきゃいけないなんて。無理。嫌だ。嫌だ嫌だ嫌だ嫌だ——！

心がぐちゃぐちゃにかき乱され、感情がおかしいくらい揺れ動く。

気付けば、涙が一粒零れ落ちていった。

鼻をすすり、涙を袖でぐしぐしと拭き取り、どうにか立ち上がる。

心も頭も整理がつかないまま、家の中に戻った。

「ねぇ由美子ー、ユウちゃんって、またウチに遊びに来る？　それなら今度はさー」

由美子の母が冷蔵庫の中を整理している。

笑顔で振り返ったが、由美子の顔を見るなり表情が消えた。

「どうしたの？」

由美子の肩に手を置き、ゆっくりと声を掛けてくれる。

それでもう一気に決壊してしまった。

弱音を吐くように、昨日起こった出来事を洗いざらい話す。

由美子の話を母は黙って聞いてくれた。

頷くばかりだった彼女だが、話を聞き終えると目を瞑って考え込んでしまう。

しばらくそのままの姿勢で固まったあと、静かに口を開いた。

「由美子は、どうするのがいいと思う？」

「わかんない」

「由美子は、どうしたい？」

「……わかんない」

自分がどうしたいのか、どうするのがいいのか、答えなんてとっくに出せなくなっていた。

由美子の答えに彼女は困ったように笑い、由美子の頭を撫でた。

「ごめん、今のはママが悪かったわね。そうね。こんなこと、子供が考える話じゃないわよね」

やさしく声を掛けたあと、彼女はゆっくりと手を離す。

そうねぇ、とのんびりとした声を出し、これまたのんびりとした口調で続けた。

「わたしも話ができちゃった。由美子のマネージャーさんと、ユウちゃんとユウちゃんのお母さん、それとユウちゃんのマネージャーさんを呼び出してくれる？」

不可解なことをさらりと言う。理由を聞いても教えてはくれず、にこにこと「呼んでくれればわかるから」と彼女は繰り返すだけだった。


幸運なことに、その日のうちに全員の予定がついた。

由美子の母は店を空けることになるが、ほかは「夜ならば」と集まってくれた。

加賀崎が話を付けてくれたようで、チョコブラウニーの事務所にある会議室を使わせてもらっている。

広い部屋に六人が集まっていた。

マネージャー陣はともかく、千佳の母は来てくれるか心配だったが、意外にもすんなり了承してくれたようだ。

呼び出された理由を察しているからかもしれない。

何せ、面子が面子だ。

集まる理由は話していないものの、昨晩の件についてなのは間違いない。

千佳の母は由美子をだしにして話を打ち切っていたが、あれで無暗に由美子を傷付けたのは否定しようがない。そのことが後ろめたいのかもしれないし、糾弾されても仕方がない、とこの場に来たのかもしれない。

なので、千佳の母は気まずそうな顔でやってきていた。

それもあって、由美子の母の態度には面喰らっている。

「ごめんなさいねぇ、皆さんお忙しいのに。加賀崎さんはいつも忙しそうだ、って由美子から聞いてますよ。いつもお世話になってます～。ブルークラウンさんも大きな事務所だから大変でしょう？　千佳ちゃんママなんて弁護士さんですって？　本当、ごめんなさいねぇ」

朗らかに笑いながら、愛嬌を振りまいている。

人を安心させるような笑顔に、皆、毒気を抜かれていた。

それこそ、クレーム処理のつもりで来た人もいるだろう。

加賀崎や千佳から、ちらちらと視線を感じる。

しかし、由美子だってなぜ母がみんなを呼び出したのかはわかっていない。

「ええと、お母さん。それで、今日はどのようなご用件でしょうか」

加賀崎も外向けの笑みで対応する。

由美子の母ははっとすると、またもや気の抜ける笑みを作った。

「あら、ごめんなさい。おばさんだからすぐに長話しちゃって。他事務所のマネージャーさんや千佳ちゃんママにまで来てもらったのは、昨夜のことについてなんですよぅ」

彼女がそう口にした途端、ピリッとした空気になる。

あぁやはりその話か、と身構えた。

しかし、その空気の中でも、由美子の母はやわらかな口調を崩さなかった。

「由美子からお話を聞いたんですけどね、千佳ちゃんママが千佳ちゃんの声優活動を休止させるって話をしているんでしょう？　すごく気持ちがわかるんですよ～。やっぱり、いろいろと心配になりますよねぇ」

千佳の母ににっこりと微笑むが、彼女は「はぁ……」と気のない返事をしている。

ねぇ？　と今度は成瀬に笑いかけていた。成瀬は困ったような顔で、どう返事をしていいかわからないようだ。

「はい。その話は、あたしも由美子から聞いております。その話がどうかされましたか」

加賀崎が彼女の話を受け取る。

すると、由美子の母は両手をぱんと合わせ、愛想のよさはそのままに口を開いた。

「ええ。うちの由美子も、高校卒業まで活動を休止させようと思いまして」

――今、なんと言った？

そんな言葉が、自分の母親の口から出たことが理解できなかった。

なんで？　どうして？

「ママ……？」

呼びかけるが、彼女はこちらを見ない。

普段の人好きする笑みを浮かべたままだ。

周りの視線が母ではなく、由美子に集まる。

特に千佳と加賀崎は「どういうことだ」という表情を浮かべていた。

しかし、当人が泣きそうになっているのを見て、より戸惑っている。

「だって、わたしも心配ですもの〜。ほら、由美子も千佳ちゃんと同じ状況でしょう？　だけど、やめろとは言いづらいじゃないですかぁ。でも、千佳ちゃんママが行動に移したって聞いて、わたしも勇気が出ましてて。親なら子供の仕事をやめさせられるんでしょう？」

そんな言葉がつらつらと流れる。

由美子は呆然とする。なぜこんなふうに話が展開しているのか、理解できなかった。

千佳との話を聞いて、「なるほど」と母は思ったのだろうか。ずっと応援してくれていると思っていたが、実は言い出せなかっただけでやめてほしかったのだろうか。

何も言えない由美子を尻目に、加賀崎が淡々と答える。

「……親御さんにやめてくれ、と言われれば事務所側からは何も言えません。ですが、由美子の気持ちはどうなりますか。こんな一方的に――」

「そういう話を無視できるのが親の権利と聞きましたので。ご意見無用でお願いします」

突如、彼女は態度を硬化させる。ぴしゃりと話を打ち切ってしまった。

これではまるで、昨日の再現だ。

違うのは、由美子の母が「ただ」と言葉を付け加えたこと。

「――ただ、千佳ちゃんママが面白い勝負を持ち掛けたそうですね。ファンに悪意がないことを証明すれば、活動を許すと。由美子が自分の声優活動を賭ければ、勝負をしてもいいと。せめてもの慈悲です。その勝負に由美子が乗ってもいい、とわたしは伝えにきたんです」

「――え」

またもや、想定外の言葉に思考を乱される。

落ち着く間もなく、考える間もなく、ぽんぽんと話が進んでいく。

真っ先に状況を把握したのは加賀崎のようだ。外面が外れ、一瞬だけ苦々しい表情を浮かべる。そういうことか、と声もなく呟いたのが見えた。

次に理解したのは成瀬だ。

彼女は本気で焦りの表情を浮かべ、おろおろと両手を無意味に揺らす。

「お、お、お、お母さん……！　か、考え直してください……！」

それは、それはまずいです、う、うちの夕暮のために、それは……！　か、考え直してください……！」

成瀬は由美子や千佳の母より、加賀崎の顔色を窺っていた。

実際、彼女は困ると思う。下手をすれば、両事務所の関係が悪化しかねない。

そして、成瀬よりもはっきりと動揺していたのは千佳だ。

千佳は立ち上がり、呆然とした表情で由美子の母を見下ろした。

「――なにを言っているんですか。ダメです。ダメですよ、そんなこと。歌種やすみはこれからが大事なんです。こんな、こんなバカげたことに付き合わせないでください。わたしのためにこんなこと……、め、迷惑、です」

うわ言めいた言い方だったが、最後の一言だけは意を決したように言う。

いつもの気の強そうな目は力を失い、彼女から気勢を奪っている。

そのせいか、由美子の母から意志の強い目を向けられたとき、びくりと身体を揺らした。

「ユウちゃん。悪いけれど、あなたのためじゃないわ。これはうちの娘のため。ん、それも違うかも。これはどっちかっていうと、わたしのためかなぁ。少なくとも、ユウちゃんが責任を感じるようなことではないよ」

「…………？」

その言葉の意味がわからず、千佳の表情がより強張ったものに変わる。

反論を口にしようとしたが、由美子の母が手を挙げて遮った。

「ごめんね。ユウちゃんの意見も聞くつもりはないの。これはうちの問題だから」

「………っ」

その冷たい言い方に、千佳は悟って黙り込む。

何を言ったところで揺るがないのがわかってしまう。

千佳は唇を噛んだあと、由美子を見た。

「佐藤は。それでいいっていうの。いいわけないでしょう」

断定的な言い方に、否定してくれ、という気持ちを言外に感じる。

自分がどう思っているのか。どうしたいのか。

そんなものはしがらみと複雑な思いが混じり合って、とっくに言葉にはできない。

「由美子の意思は関係ないの。わたしがやめさせたいからこう言ってるだけで、それを事務所は否定できない。ねぇそうなんでしょう、千佳ちゃんママ？」

千佳の母親ににっこりと微笑みかけた。

千佳の母は目を細める。その顔に友好的な色はない。

気まずそうにしていたのは最初だけで、さっきからずっと不愉快そうな顔をしている。

刺々しい声で言葉を並べた。

「それはわたしへのアピールですか。情に訴えても、わたしは発言を取り消しませんよ。由美子ちゃんがどうなろうが、千佳には声優を続けさせません。どうあっても」

きっぱりと告げる。彼女は彼女で、意志の強さを感じた。

確かに、そうなれば一番よかった。

他人様の子供を巻き込むくらいなら撤回します。そう言って土俵を降りてくれればよかった。

けれど、彼女にそのつもりはないようだし、由美子の母も期待はしていないようだ。

「えぇ、わかっています。ですが、約束は守ってもらいますよ。例の勝負、あれが上手くいけば、ふたりとも無事に声優活動を続けられるんですよね」

「……本気で上手くいくと思ってるんですか？　あんな無謀な条件で？　夢を見すぎではありませんか」

「可能性はゼロではありませんから」

「……好きにしてください」

吐き捨てるように言う。

……正直、それどころではないが、勝負は成立するようだ。

場を乱されたことが気に食わないのか、千佳の母親は嫌悪感を隠そうともしない。

「由美子ちゃんが活動休止になるのは、むしろいいことだと思います。千佳と同じ状況なんですもの。これで声優をやめることになっても、わたしに感謝してほしいくらいです」

そんなことを言う。彼女の姿勢は変わりそうになく、とても撤回は期待できない。

しかし、その言葉を聞いた途端、由美子の母親の表情が初めて曇る。

一瞬だけ眉をひそめたあと、息を吐いてから笑顔へと戻った。

「千佳ちゃんママは、『魔法使いプリティア』って知ってます～？」

突然、そんなことを問いかけた。

千佳の母は不審そうに眉を動かしたが、短く否定の言葉を返す。

「いいえ」

「長く続いている、朝の子供向けアニメでね？　そのアニメの出演に憧れる女性声優も多いの。代わりに競争率がすごく高くて、ちょっとやそっとじゃ出演できない、とってもハードルが高い作品なんですよ～。プリティアになるのがステータス、と思う人もいるくらいで」

千佳の母親の表情がどんどん不快そうなものに変わる。

何の話だ、と言わんばかりだ。

そんな表情でさえ、由美子の母親はにこにこと笑って受け流していたが、それが真面目なものに変わる。声色も真剣味を帯びていく。

「由美子がやめることになっても、と仰いましたね。由美子はやめませんよ。うちの娘の根性をナメないでください。――歌種やすみは、いつかプリティアになる声優です」

強くそう言ったあと、彼女はぱっと表情を明るくさせる。両手を広げて笑いかけた。

「なーんて。そういうわけで、そのようにお話進めていってもらえますか？　お忙しい中、すみませんねぇ。よろしくお願いします～」

昨夜の千佳の母と同じように、これ以上は有無を言わせない、といった様子で話を打ち切ってしまう。

実際に、だれが何を言っても、彼女は一切受け付けようとしなかった。

結局、話はそれ以上発展することなく、この集まりは解散となる。

どうやら成瀬は仕事を抜けて来てくれたらしく、加賀崎に何度も頭を下げたあと、慌ただしく立ち去った。渡辺親子も、同じように出ていく。

加賀崎はふらりとどこかへ行ってしまった。

会議室に、由美子と母だけが取り残される。

「ママ、なんで」

震えるような声で、母に問いかける。

その「なんで」は、どれに対してなのか、自分でもわからなかった。

なんでこんなことをしたのか。

なんで自分に黙っていたのか。

なんでそんな考えに至ってしまったのか。

そのどれもが彼女を責めるようなものだったし、実際、そうしたかったのかもしれない。

気持ちはとっくにぐちゃぐちゃだ。整理だってつかない。

だから、彼女が何を思ってこの行動を取ったのか、それを知りたかった。

「あのね、由美子。これはママのわがままなのかもしれないけど」

彼女はふっと笑いかけたあと、やさしい声色で続ける。

「もしね、由美子がユウちゃんの活動休止を黙って見過ごしたら、絶対に後悔する。行動したら助けられるってわけじゃないのに、ずっと『なんで何もしなかったんだろう』って考えちゃう。心のトゲは絶対に抜けない。たとえ、自分が声優として成功しても、ユウちゃんが問題なく復帰できたとしても、きっと悩み続ける。そんな由美子の背中を、ママは見たくないの」

きゅうっと胸が苦しくなる。

彼女は由美子のことを考えて、こんな行動を取った。それはわかる。由美子だって、千佳の活動休止を止めたい、と心から思っていた。

けれど、ことがそう単純じゃないから、由美子は思い悩んで動けなくなっていたのだ。

事務所のことだけじゃない。

「声優を続けたい。こんなことに巻き込まれたくない」という思いが、偽りのない本音として存在していた。

それは「千佳の力になりたい」という気持ちと同じくらい、確かなものだ。

だから、由美子の母が選んでくれたこの道は、素直にありがとうと言えるものではない。

「でも、ママ。これであたしが活動休止になったら、やっぱり後悔する……。『なんでママに相談しちゃったんだろう』って後悔して、きっとママを恨むよ……」

それが本当に恐ろしかった。

自分のためにいろいろと押し通してくれて、気持ちを汲んでくれたのに、そんな母に対して恨みを持つ。わかっていても、きっとその思いは止められない。

それどころか、自分を責めることなく、責任を押し付けて母を責めるのではないか。

その不安は間違いなく大きなものだが、由美子の母は穏やかに笑った。

「なんだぁ、そんなこと～？」

「な、なんだ、って……」

「それでいいの。後悔を抱えて泣きそうになるくらいなら、ママを恨んでくれた方がいい。責めてくれた方がいい。今までみたいに仲良くできなくなるかもだけど、落ち込む由美子を見る方がよっぽど辛いから。ね？」

「ママ……」

先ほどとは違う意味で、胸が苦しくなる。

この人は「母親」であり、だれよりも由美子のことを一番に考えてくれている。

それを深く実感した。波立った感情が穏やかになっていく。

心が満たされるのを感じていると、母は由美子の肩に手を置いた。

その声に力が込められる。

「由美子。もうどうあっても、由美子は後悔する道にいるの。ユウちゃんの話をいっしょに聞いてしまった時点で。後悔するなとは言わない。だけど、後ろを見たままでいるのだけはやめてほしいの。そんな姿、わたしも、おばあちゃんも、お父さんも見たくないわ」

「うん」

その言葉で気が引き締まる。

きっと祖母たちは自分を見守ってくれている。それなら、恥ずかしい姿を見せるわけにはいかない。そう思うと、自然と元気も湧いてきた。

そんな由美子を満足そうに見たあと、母は口元に手を当てて扉に目をやる。

「それより由美子。加賀崎さんに誤解されないようにするのよ～？　これはわたしが勝手にやったことで、由美子の意思じゃないんだから。ね？」

はっとするようなことを言う。

由美子の母がわざわざ「由美子の意思とは無関係」と主張したのは、事務所や加賀崎に対してのアピールだ。

誤解されては意味がない。

今からでも店に行く、という母を見送り、由美子は加賀崎を捜しに行った。

予想通り、加賀崎は喫煙所で煙草を吸っていた。

周りにはだれもおらず、机に身体を預けてぼうっとしている。

由美子が駆け寄ると、加賀崎はこちらに気付いた。

喫煙所に入ってくると思ったのか、こちらに手を向けて制してくる。

すぐに煙草を消して、喫煙所から出てきてくれた。

「か、加賀崎さん」

自然と声が気弱なものになる。

加賀崎は疲れた顔をしながら、煙草をポケットに仕舞っていた。

「あぁ、由美子。お前はまだ帰らなくていいのか」

「う、うん。ママは先に帰ったけど……、えっと、加賀崎さんに伝えたいことがあって……」

「うん？　どうした」

加賀崎は聞く姿勢を作ってくれる。

しかし、いざ言葉にしようとして、それがあまりにひどいものだと気付いた。

あの話は母親が勝手に言ったことで、自分の考えではない。確かに千佳の力になりたいとは思ったが、事務所にも加賀崎にも迷惑をかけるつもりはなかった。誤解しないでほしい。

ひどい言い訳だ。一方的に母親を悪く言うことに、躊躇いを覚える。

確かに、母はそう思われるように動いてくれた。

けれど、自分のことを思って行動してくれた母に対して、その言い草はなんだ。

母親を悪者にできず、話をしに来たのに何も言えなくなる。

そんな由美子を加賀崎はしばらく黙って見ていたが、大きくため息を吐いた。

びくりとする。

怒られるだろうか。愛想を尽かされただろうか。

加賀崎はどう思っているだろうか。

心配になった由美子の頭を、加賀崎はぽんぽんと叩いた。

「ちゃんとわかってるよ。あれはお前の判断じゃないんだろ。前にちゃんと怒られたんだ、同じことをやらかすなんて思ってないよ。何もできなくて、辛かったな」

予想に反したやさしい声色に、涙腺が刺激される。

加賀崎はわかってくれている。

おそらく、由美子の母の考えと、由美子が動けずに悩んだことをひっくるめて、だ。

さすがだなぁと思うと同時に、本当にほっとした。

しかし、加賀崎は腕を組んで、何やら難しそうな表情を浮かべる。

「しかしまぁ、人の親ってのはすごいな。由美子の担当をしてから何年も経つが、まるで敵わん。あたしも由美子のことは真剣に考えてるんだがなぁ……。いいお母さんだよ、ほんと」

そんなことを真面目な顔で言う。それが少しだけおかしくて、思わず笑ってしまった。

由美子がなぜ笑ったかは理解できなかったようだが、加賀崎もつられて笑みを浮かべる。

そのまま由美子の肩に手を置いた。

今度は、どこか悟ったような表情を浮かべる。

「まぁそのおかげで、お前の活動休止はほぼ確定だが。今度こそ歌種やすみは死んだな。ドンマイ由美子。もうチョコブラウニーには戻ってこなくていいぞ」

「そ、そういうこと言うぅ⁉　も、もう少し慈悲とかさぁ……！」

由美子が思わず頓狂な声を上げると、加賀崎はおかしそうに笑った。

「冗談だよ。上から何も言われなきゃ、一年半後もあたしが面倒見るさ。見捨てもしない。まぁ理想はあの勝負が上手くいくことだけど。望みを託すには厳しい賭けだが、諦めるのは違う。ファンを信じるってのも、声優にとって大事だろ。だから……」

そうして、加賀崎は由美子がどうするべきかを教えてくれた。

今回のことをきちんとファンに伝えて、誠意ある対応を忘れないこと。

かといって、やりすぎないこと。

ネットに文章を上げるときは逐一、加賀崎にチェックしてもらうこと。

ひとつひとつ丁寧にアドバイスをしてくれる。

そして最後に、こう続けた。

「あとはまぁ、夕暮のフォローもしてやれ。お前もキッツいだろうけど、それ以上に夕暮はキツいだろ。自分のせいで、お前まで声優続けられないってんだから」

はっとする。

自分のことに手いっぱいで、そこまで考えが回っていなかった。

由美子の母は自身が言った通り、千佳ではなく由美子のことを考えて行動している。

その結果、一番大きな精神的ダメージを負うのは千佳だ。

もとはと言えば、千佳の母親から始まった話とはいえ。

加賀崎と別れ、由美子も事務所から出るため歩き出す。

すると、壁にもたれている千佳を見つけた。母は先に帰ったようだ。

彼女は由美子を見ると、慌てて駆け寄ってくる。

「さ、佐藤。その……、なんと、言っていいのか……」

本当に落ち込んだ様子で、由美子を前に何も言えなくなっている。

これでは、さっきの由美子と加賀崎の再現だ。

由美子からすれば、今の状況は本当に冗談ではない。

少しでも油断すれば、本音が漏れそうになる。

なぜ自分まで、活動を休止しなければならないのか。ひどい。あんまりだ。どうしてくれる。

なんでこんなことに。嫌だ。嫌だ。なんで。どうして。ふざけるな。あんたのせいで。

そんなどす黒い感情がないとは言えない。

それを千佳にぶつければ、少しは溜飲も下がるかもしれない。

しかし、そうしたところでどうにもならないし、この状況は自分が選びたかった道でもある。

黒い感情を振り切るためにも、由美子はぐっと手に力を込めた。

そのまま千佳の背中を勢いよく叩く。

「いった！」

「何も言いっこなし。あんたがどう思ってようが、裏営業疑惑のときにアイドル声優・夕暮夕陽を潰したのはあたし。今回の件でそれはチャラってことで。いい？」

「でも」

「でもじゃない。それに、あたしがあんたと同じ状況なのは本当。あんたがファンのせいで活動休止するなら、あたしだってするのが筋でしょ。これでいいんだよ。気にしないで」

相手の返事を待たずに、一気に言い切ってしまう。

まるきり嘘でもなかった。

母の言う通りだ。もし、何もせずに夕暮夕陽が活動休止になったら、自分はきっと後悔する。

何もできないくせに、何もできなかったことを悔やんで毎日を過ごすだろう。

どちらがマシか、という話ではないが、少しでも可能性がある方に賭けた方がいい。やるだけやった方がいい。

……とてもまだ割り切れる心境ではないが、割り切ったふりはできた。

千佳は不安そうな表情のまま、じぃっと由美子を見つめる。

ゆるゆると視線を外し、ほう、と息を吐いた。

「……あなたのそういうところ、本当に嫌い」

普段の物言いとは比べ物にならないほど、弱くて小さな声だった。

しかし、そこで咳ばらいをひとつ。

それから大きく息を吸って、ゆっくりと吐いた。わざとらしいくらい丁寧な深呼吸だ。

そのまま頬を両手で叩き、表情を引き締めた。声にも張りが戻ってくる。

「わかった、わかったわ。気にしない。あなたの言う通りにする。それなら、あなたが作ってくれたチャンスを活かす方法を考えましょう。確かにそっちの方が建設的だわ」

……いや、さすがにもうちょっと気にしてはほしいが。

ここまで綺麗さっぱり流されるのも微妙ではあるが。

自分で言っておいてなんだけど。

「佐藤？」

「あぁいや、何でもない。それより渡辺、今から時間ある？　ふたりでちょっと対策考えようよ。望みは薄いけど、やらないよりはいいでしょ。ファミレスか何かで」

「あなたと？　ふたりで？　気が進まないわね……、仕方ないから行くけど」

「あー、渡辺。こういうこと言いたくないけど、さすがにもうちょい気にしてくんない？」

とはいえ、できることは限られている。

ブログやツイッターで事の顚末を正直に書き、動画も録った。ラジオでも少しだけ触れた。

どれも気持ちが伝わるように真剣に行ったが、効果があったかはわからない。

内容が内容だけにある程度は話題になったようだが、エゴサをしない由美子たちは知りようがない。せいぜい、仕事場で「本当なの？」と訊かれるくらいだ。

思った以上に現実感はなく、淡々と時間が過ぎていく。

しかし、その日は確実に近付き、心の整理がつかないままに当日を迎えようとしていた。


そして、約束の日。

由美子はがらがらの電車に揺られながら、外の風景を眺めていた。

スマホには母からメッセージが届いている。

『由美子、大事な日に本当ごめん！　大丈夫？』

少し考えてから、シンプルに返信する。

『気にしないで。放課後に間に合えばいいから。それより、ママこそ無理しないでね』

送ったあたりで駅に着いた。スマホを仕舞って立ち上がる。

時刻は昼過ぎ。

学校には完全に遅刻だが、連絡はきちんと入れてある。理由だってある。

今日の朝方、母のスナックで働くスタッフから連絡があった。

閉店作業中に母が転んでしまい、足をくじいたそうだ。ひとりで帰ると言い張っているが、心配だから連絡した、とのこと。

すぐに迎えに行き、診療時間になってから病院にも連れて行った。

落ち着いた頃には、昼に近い時間だった。

もちろん勝負の件は気になっていたが、母の身体だって大事だ。

それに本番は放課後である。学校に遅刻したからといって影響はない。

電車から降りて、改札を抜ける。

今日、自分たちの声優としての道が決まる。

これからも続けられるか否かが決まる。

考えただけで息苦しい。肺の中に空気以外のものが満たされる感覚。足の先からどんどん重くなっていき、思考さえも鈍くなる。焦燥感で頭がいっぱいになる。

何度も味わった感覚だ。このまま放っておけば泣いてしまう。

頭を振って考えを消す。

『もう学校に来ないでください。このままでは声優が続けられなくなる』と彼らには伝えた。それを聞き入れてくれれば。だれひとりとして来なければ。だれからも声を掛けられなければ。

問題なく今日という日が終わる。

それがどんなに小さな可能性か、もちろんわかっている。

けれど、それにすがるしかなかった。信じるしかなかった

そして、その思いはあまりにも無意味だと思い知る。

「……あぁ」

息が漏れる。

わかっていた。わかっていたけれど。

駅前にはそれらしき人が何人も待っていた。

ひとりで来ている人もいれば、集団もいる。

歌種やすみや夕暮夕陽が演じた、キャラクターグッズを身に着けている人もいる。

まだ放課後まで時間があるというのに。

こんなにも、自分たちの活動休止を求める人たちがいる。

そんな人たちの間を抜けていく。

由美子は今でも変装を続けている。三つ編み眼鏡で制服は一切着崩していない。

だから、だれも歌種やすみだとは気付かない。

けれど、それでも顔を伏せて歩いた。


昼休みは半ばを過ぎたあたりで、教室の中はそれなりに騒がしかった。

生徒同士で集まり、のんびりとお昼ご飯を楽しんでいる。

クラスメイトと挨拶を交わしていると、若菜がわざわざグループを抜けて、こちらに駆け寄ってきた。

「由美子！　ママ、大丈夫だった？」

「あぁうん。ただの捻挫だって。骨にも異常ないってさ」

「そっか～、よかったよかった。わたしまで焦っちゃってさぁ」

胸を撫でおろしてから、若菜はにこっと笑う。その笑みで少しだけ気分が和らいだ。

彼女にはあらかじめ、遅刻する旨を伝えている。

そして、今日のことも若菜は知っていた。

目線をこちらから外し、視線の先をちょいちょいと指差す。

「渡辺ちゃん、来てるよ。行ってあげなよ」

「うん」

短く答え、彼女の席に向かう。

そして、座る千佳の姿を見て、息が詰まった。

彼女が思ってもみない格好をしていたからだ。

今の千佳は変装をしていない。それどころか、普段の格好ですらなかった。

髪を小さくまとめ、顔をしっかり見えるようにして、メイクも丁寧に施している。

それはかつての夕暮夕陽の姿だった。

「……渡辺」

「あぁ、佐藤。お母さん、大丈夫だったの」

「うん。大丈夫。それより、その顔」

「あぁ」

短く答え、彼女は自分の顔に触れる。

少しだけはにかんでから、そっと囁いた。

「夕暮夕陽としてみんなの前に出るんだから、こうするのが礼儀かなって」

「……わかった」

頷いてから、由美子は自身の三つ編みをほどいていく。

念のため、メイク道具を持ってきてよかった。

「あたしも前の歌種やすみとして出る。それで歩く。あんたと、いっしょに」

千佳は何も言わなかった。けれど、少しだけ笑ったように思う。


放課後。

教室から生徒がいなくなり、帰り道から人が減ったあたりで、指定の時間が近付いてきた。

ふたりで校舎から出る。

何も話す気にはならず、黙って校門へ向かう。

校門のすぐそばには、千佳の母親が腕を組んで待っていた。

彼女がここにいるのは、勝負を見届けるためだ。

加賀崎や成瀬も来たがっていたが、どうしても仕事を抜けられないらしい。

当初は由美子の母も来る予定だったが、今朝のケガのせいで自宅待機だ。

本人は最後まで行くと言って聞かなかったが、どうにか抑えてきた。

正直、千佳の母だけなのは気まずいが、この際仕方がない。

千佳の母は顔を合わせた途端、挨拶もなしに話を進めた。

「この学校から駅まで、商店街を経由して歩く。だれからも声を掛けられなかったら、あなたたちの勝ち。もう何も言わないわ。だけど、そうじゃなければ、あなたたちは高校卒業まで声優の活動を休止する」

改めての確認だ。

それを聞いた途端、わかっていたのに心臓が強く波打つ。

いよいよなのか、と胸が苦しくなる。

なぜこんなことにと後悔を覚える。しないと決めていたはずなのに。

そのせいで、由美子は返事ができなかった。

「それでいい」

代わりに千佳が素っ気なく返答する。

そのとき、彼女は由美子の腰をぽんと叩いた。たったそれだけで、不安が少しだけ和らぐ。

千佳の母親の顔を見据えると、彼女は皮肉っぽく笑った。

意味ありげな視線を周囲に向ける。

……彼女が言いたいことはわかる。

「もはや、こんなことをする必要はないと思うけれど。別に無理にやって恥をかく必要はないのよ？　敵意は証明されているでしょう。もう諦めてもいいんじゃないかしら」

する必要はない。敵意は証明されている。

それを否定できるような状況ではなかった。

校門の周りだけでも、既に何人もの人がこちらを見ている。スマホを向ける人もいる。

明らかに、勝負の一件を聞いて来た人たちだ。

周囲の人たちを不愉快そうに見たあと、千佳の母は唇を歪めた。

「あれだけ大々的に活動を休止します、と言っておいて、いまさら撤回はできない。あんなふうに動画撮影されていたら、ごまかすのも無理でしょう。もう結果はわかりきっているわ。もしかして千佳、あなた最初から声優を休みたかったんじゃ——」

「お母さん、早く行きましょう。時間の無駄よ」

話をぴしゃりと打ち切る千佳に、母は眉をひそめた。

しかし、バカにしたように鼻を鳴らすと、笑みを浮かべたまま言う。

「そうね。時間の無駄だわ。行きましょう」

そう言って歩き出す。慌てて由美子も追いかけた。

彼女が時間の無駄だ、と笑う理由もわかる。

周りから視線が突き刺さる。すべての人がこっちを見ているような、そんな錯覚に陥る。

……いや、錯覚じゃないかもしれない。

あとは彼らのだれかが、自分たちに一言掛ければ、その時点で終わりだ。

高校卒業まで活動休止。

受け入れたわけではない。けれど、どこかで諦観しているんじゃないかと思っていた。

全くそんなことはなかった。こうして目の前にして、はっきりと思い知る。

怖い。休止なんてしたくない。だって、戻ってこられる保証なんてないから。

一年半後、きっとみんな自分のことを忘れているのに。

息が浅くなる。足が震える。もつれそうになりながら、歪む地面を歩いていく。

真っ白になった頭じゃ何も考えられない。

しかし、突然、ぴたっと視界が元に戻った。

手に温もりを感じる。やわらかな感触が手を覆っている。

握られた手を見たあと、顔を上げた。

隣を歩く千佳は前を向いたままだが、手に込められた力がぎゅっと強くなる。

「不安が消えないなら、隣のわたしを見ていればいいわ。ひとりじゃないって思ったら、少しはマシになるでしょう」

そんなことをしれっと言う。それはかつての由美子の言葉だ。

以前、公録でガチガチに緊張していた千佳に、手を握って同じようなことを言った。

虚を突かれていると、彼女はふっと笑う。

「わたしだったら頼りになるでしょう？」

こいつ。

すっかり力が抜けてしまい、自然と言葉がこぼれ落ちた。

「そうね。あたしの隣にいるのは夕暮夕陽だからね。そう考えると、ほっとはするわ」

素直な物言いに、千佳は目をぱちくりさせる。

言葉の意味をようやく飲み込むと、顔を赤くしてそっと目を逸らした。
「あなたはなんで、そういうことを……」
ぼそぼそと言い返す声に力はない。少しは意趣返しができただろうか、と小さく笑う。
ただ、気は楽になっても現実が変わるわけではない。
明らかに勝負はついている。
周りに集まった人が如実に語っている。
もしかしたら。ひょっとしたら。
そんな一縷の望みはとっくに霧散していた。
周りにいる人たちが近付き、一言掛けるだけですべてが終わる。
あとはもはや、どのタイミングで声を掛けられるのか……。
「…………？」
しかし、意外にもすぐには終わらなかった。
周囲の人は由美子たちの歩く姿を見てはいる。が、声を掛けてくる様子がない。
そのまま商店街まで来てしまった。
ここにも、由美子たちを待つ人が多く見られる。
あらかじめ通ると宣言したせいだろう。学校周辺より人が多い。
道の端で遠巻きにこちらを眺めていた。

見ている限りでは近付いてくる気配も、声を掛けてくる様子もない。

てっきり、この勝負は一瞬で終わるのかと思っていた。

けれど、今もどうにか声を掛けられずに済んでいる。

もしかすると、周りにいる人はただの野次馬なのかもしれない。

声を掛けて、活動休止を望むほどの意志はないのかもしれない。

それならば、それならば。

ひょっとすると、このまま何事もなく終わるかもしれない——。

なんて。

あまりにも都合のいい妄想に目が眩んだときだった。

ひとりの若い男性が、まっすぐに向かってくるのが見えた。

しっかりと目が合う。明らかに由美子たちを見ていた。

身体が硬直する。緊張が全身を走る。思わず、千佳の手をさらに強く握ってしまう。

近付いてくる現実に、頭が白くなっていく。

あぁここまでなのか、と泣きそうになった。

千佳が足を止めたので、由美子もその場にとどまる。

男性が由美子たちの前に立ちふさがった。

彼の表情は決して明るいものではない。

瞳には怒りの色が宿り、憎々しげに唇を噛んでいる。

彼の「許せない」という思いがふたりに降りそそぐ。

そして、彼がついに声を掛けようと口を開いたとき――。

「す、すみません、道をお訊きしたいんですが」

――別の男性が、彼の腕を摑んだ。

由美子たちに声を掛けようとした若い男性は、不快そうに振り返る。

出鼻を挫かれたせいか、明らかに苛立っていた。

「……なんすか。今取り込んでるんで、別の人に訊いてくれませんか」

「い、いやいや、ちょっと待ってよ。困るんだって。少しでいいから、話聞いてよ。な？」

「は？　いや、意味わかんないっす。どっか行ってください。俺、今から用あるんで」

「俺だってあるんだって。いいから、話を聞いてくれよ！」

「だから知らないって！　道ならスマホで調べてろよ！」

「それはいいから！　とにかく待ってくれよ！」

何やら、様子が変だ。

男性ふたりが揉めている。

しかし、おかしい。若い男性の「取り込み中だから自分で調べてくれ」という主張は尤もだし、断られても食い下がる方が変だ。腕だって摑んだまま。

結果、若い男性は彼を振りほどこうとするが、それでも離れようとしない。

思わぬ横入りに、由美子たちは呆気に取られてしまう。

それに加え、若い男性は何かに気付いたように目を見開いた。

そして、予想に反したことを口走る。

「お前――、こいつらを庇おうってのかよ！」

……庇う？

その言葉でようやく、道を訊いた男性の真意に気付く。

いやでも、そんなまさか。

信じられない思いだったが、彼は否定せずに黙り込んでいる。

腕を掴む手により力が込められていた。

若い男性は再び振りほどこうとしながら、憤怒の表情を露わにする。

荒れ狂う怒りを表現するように、大きく叫んだ。

「わかってんのか⁉　俺たち騙されたんだぞ！　こいつらが言ってたことは、全部嘘だったんだ！　言葉も！　性格も！　顔ですらそうだ！　許せるか⁉　許せねえだろ⁉　それを言葉にするだけだろうが！　それで活動休止になっても、それは自業自得だろ⁉」

その熱量の高さに由美子は怯む。

まぎれもない本音を浴びて、身が焼けそうだった。

彼は騙されたことに傷付き、怒り、活動休止を望むほどに憎しみを抱いている。

わかっていたはずなのに、いざ言葉にされると身が竦んだ。

しかし、その言葉を受けた男性は、同じように声を張り上げた。

「わかってるよ！　俺だって許せねえよ！　俺は夕姫が本当に好きだった！　自分でもびっくりするぐらい応援してたよ！　それが全部嘘だってわかったときは、頭がおかしくなりそうだった！　今でも受け入れられねえよ！」

「なら、なんで止めるんだよ！」

「それでも……、それでも、まだ好きなんだよ！　自分でもどうかしてると思ってるよ！　でも好きなんだから仕方ないだろ！　まだ応援したいんだよ、頑張ってほしいんだよ、いなくなってほしくねぇんだよ！」

熱のこもった声が響く。

その熱量は若い男性の「裏切られた」という言葉と同じくらい――、いや、それ以上の熱と想いが込められていた。

そのせいだろうか。若い男性は言葉を失い、呆然と彼を見つめる。

でも、それは由美子も千佳も同じだった。

だって、彼の言葉は思ってもみないものだったから。

固まる由美子たちを見て、彼はさらに腕に力を込める。若い男性に掴みかかった。無理やりに道を空けさせて、叫ぶ。

そのときだけは、由美子たちから目を逸らして。

「おい！　早く、早く行ってくれッ！」

「あ、は、はい……！」

千佳は絞り出すように返事をすると、そのまま歩き出す。

同じく呆気に取られた母親に「い、くよ」と震えた声を投げかけた。

は、と千佳の口から熱い息が漏れる。伏せた目は忙しなく動く。空いた手は胸を押さえ、きゅっと唇を引き結んでいた。

彼の言葉が、どうしようもなく染み込んでいるのがわかる。

「おい待てよ。そいつが言わないなら俺が言う」

そう叫ぶ男が現れる。

少し離れた先から、大学生くらいの青年がこちらを見据えていた。

彼は先ほどの若い男性と同じく、暗い表情を携えている。

わかってはいたけれど、由美子たちを「許せない」と思うのはあの若い男性だけではない。

まっすぐにこちらへ来る青年を見て、再び覚悟を決める。

すると、青年の前に立ち塞がる人物が現れた。

見るからに幼い、中学生くらいの女の子だ。

彼女は両手をいっぱいに広げ、青年に向かって叫んだ。

「と、通しません！　ふたりに話しかけるのは、や、やめてください！」

一生懸命に勇気を出したような、震えながらの声だ。

自分より小さく、年下の女の子に道を塞がれ、青年は困惑した表情になる。

しかし、意を決したように少女をキッと睨みつけた。

「邪魔すんなよ。俺はあいつらがこのまま活動するなんて我慢ならない。人を騙しておいて、平然と続けるなんてあり得ないだろ。俺が好きだったやすやすは偽物だったんだ。そんなのは絶対に許せない」

男性からの敵意に怯んだのだろう、少女は後ずさる。

戦意を喪失したと判断したのか、青年は少女の脇を抜けようとした。

その瞬間、少女は青年の腕に掴みかかる。

「や、やめてください！　わたしだって、やすやすが嘘吐いてたのは悲しかったです！　今でも受け入れられないけど、き、嫌いにはなれない……！　なりたくない！　活動休止なんてやだ！　学校で嫌なことがあっても、やすやすの声を聴けば元気になれた……！　辛いときに助けてくれた！　ずっとずっと、がんばるやすやすを応援したいんです！　だから、こ、ここは通しません……！」

少女は必死に青年を止めながら、そう叫んだ。

その声で、由美子は無意識に胸へ手をやる。

ぎゅうっと熱いものが溢れてきて、知らずに息が漏れた。

何か言わなきゃ、と思うのに、感情が昂るばかりで言葉が何も出てこない。

代わりに涙が出そうになって、ぐっと堪える。

それよりも身体が動きそうになった。

青年は少女に掴みかかられて戸惑っているが、その気になればすぐにでも振りほどけるだろう。そうなったら、あの子がケガをするかもしれない。

止めなきゃ、とそちらに向かいかけたときだった。

「い、い、行ってください！　お願いです、もう行って！　や、やめないで、絶対に声優をやめないでくださいっ！」

彼女は下を向いたまま、そう叫んだ。

その声を聞いて、彼女の元に行くのを堪える。前だ。前に進むことを彼女は望んでいる。

しかし、足が動かなかった。強い想いに満たされて、身体の自由が利かない。

千佳が引っ張ってくれて、ようやく足を踏み出せた。

苦しい。苦しい。

嬉しくて、苦しくなるなんて初めてのことだった。

自分たちを嫌って、恨んで、許せない人がいるのは知っていた。

誠意を欠いてキャラを変えたばかりに、傷付いた人がいるのも知っていた。

しかし、そうなってもなお、応援してくれる人がいた。

敵だけじゃなくて、味方がいたなんて。

そんなことは、知らなかった。

気が付けば。

ほかのところでも、同じようなことがいくつも起きていた。

だれかがふたりに近付こうとして、声を掛けようとして、それをまた別のだれかが必死で止める。

彼らの強い想いが、言葉になって聞こえてくる。

「これは独り言だけど！　今のあんたらは好きじゃないけど、それでも声優は続けてほしいんだよ！　応援させてくれよ、好きだって言わせてくれよ、いなくなるなんて言うなよ！」

「ふざけんなって思ったけど、好きだったのもバカみたいだけど、今でも好きな俺はもっと大馬鹿だと思うけどさ！　それでもいいよ、バカでいさせてくれよ！　応援させてくれよ！

……今のは、独り言だけどさ！」

「『ファントム』やるんだろ、やめてどうするんだよ！　また歌声聴かせてくれよ、夕暮夕陽！」

「『プラガ』の続編まだ待ってんだよ！　歌種やすみがいなかったら困るんだよ！」

自分たちを許せないと思う人は確かにいた。
けれど、それ以上に続けてほしい、と思う人の方がはるかに多い。
何より、その熱量が段違いだった。
由美子たちに接触しようとする者がいれば、身体を張ってでも止める。
やめさせたくない、という気持ちががむしゃらな力を出していた。
そして、こう叫ぶ。
「――行け、行け行け行け行け行けッ！」
その声を受けて、由美子たちは必死で足を踏み出す。
足から力が抜け、ぐらつきそうになりながらも、何とか歩き進めた。
泣いてしまいそうだった。
いや、自分で気付いてないだけで、とっくに泣いているかもしれない。
自分たちが声優を続けることを、みんなが望んでくれている。
騙していたことは許せない、だけど、それ以上にやめてほしくない、と言ってくれる。
それが嬉しくて、たまらなく嬉しくて、何も言えないまま千佳と歩いた。
千佳が吐く息はさっきよりも熱を帯びている。
泣き出しそうな顔をしながら、黙って前を進んでいた。
千佳の母は困惑した表情を浮かべ、その熱量に圧倒されたままだ。

彼女にどうだ、と言いたくなる。

夕暮夕陽のことが大好きで、声優を続けてほしいと思っている人が――自分以外にも、こんなにもたくさんいるのだと。

周りから声が上がるたびに、誇らしい気持ちになった。

そして、駅が見えてきた頃。

あっ、と思った。

またひとり、待ち伏せしていた人がいたのだ。

彼はこちらを睨みつけていた。

自然と足が止まる。彼は、今までとは少し毛色が違った。

真っ先に覚えたのは恐怖だ。足が止まったのも、竦んだのかもしれない。

彼の周りにはだれもいない。止めようとする人がいない。

ここまでなのか。

しかし、不思議と喪失感はなかった。

彼らの「声優を続けてほしい」というまっすぐな気持ちが熱を与えてくれる。

もし、ここで終わってしまっても、きっと――。

そう考えていたが、建物の陰から飛び出した人物が、由美子の思考を止めた。

その人物は、勢いもそのままに男性へ飛びつく。

小さい身体を必死に使い、男性の姿勢を崩そうとしていた。

感情が驚愕に染まる。その見覚えのある人物に、由美子は大きく目を見開いた。

「ゆ……、柚日咲さんっ⁉」

「名前呼ぶな、バカ！」

叫び返しながらも、男性を押し留めるのは、柚日咲めくるその人だった。

かつてお渡し会に現れたときと同じ格好だ。

しかし、眼鏡は地面に落ちて転がり、マスクも片方の耳から外れて取れかかっている。

そうなりながらも、小さな身体で踏み止まろうとしていた。

「ゆ、柚日咲さん……、どうして。あなたは、わたしたちのことを声優としても、ファンとしても大嫌いだ、って言っていたのに……」

「嫌いだよ、大っ嫌いだ！」

そう叫びながらも、力を緩めない。

「自分でもわっかんないわよ！　あぁもう、どうせここにいるほかの連中といっしょ！　とにかく、声優を続けてほしいの！　あんたたちは嫌いだし、甘っちょろいのも最悪、さっさとやめちまえって思うよ！　――でも、それでも大好きなんだから仕方ないでしょうが！」

彼女は叫びながらも必死で組み付いていたが、その身体では限界だった。

男性に振りほどかれ、ぺたん、と尻もちをつく。

しかし、キッと男性を睨みつけると、後ろから再び摑みかかった。

そうして、ただがむしゃらに叫び声をあげる。

「走れ――！　走れ走れ走れッ！　そのまま行け、ふたりとも――ッ！」

その声に押され、弾かれたように走った。

駅までの道のりを、まっすぐに駆け抜ける。

千佳は苦しそうに胸を押さえ、時折ぎゅうっと目を瞑るが、それでも足は止めない。

走るのが苦しいわけじゃない。

浴びた感情はあまりに強く、密度が濃いものだった。それを一身に降りそそがれたものだから、心がどうしようもなく揺さぶられた。そのせいだ。

千佳の気持ちはわかる。

自分も同じ表情をしているからだ。

千佳は荒い息を吐きながら目を伏せていたが、ぱっと顔を上げる。

瞬間、顔がくしゃりとなり、涙がこぼれた。

それでも小さく首を振り、唇を嚙みしめてから振り向いた。

震える声で、彼女は大きく叫ぶ。

それに引き寄せられるように、由美子も叫んだ。

「これは……、これは独り言だけど！　わたし――、声優、続けるから！　もう二度と諦めないから！　ずっとずっと、がんばるから！　みんなのおかげで、がんばれるから――！」

「今から言うのは独り言だけど！　あたしも！　ずっと声優続ける！　絶対やめない！　ありがとう、本当に、本当にみんな、ありがと――！」

震えて、涙声で、しかも裏返って、声量もぐちゃぐちゃでとても綺麗な声とは言えないけれど。

ふたりでありったけの想いを叫んで、反応を待たずに駅に駆け込む。

そうしなければならなかった。

後ろから歓声が聞こえた途端、堪えていたものが抑えきれなくなる。

熱い感情が涙に代わって、一気に溢れ出した。

口を押さえても嗚咽が漏れて、ぐしゃぐしゃになった顔で涙を拭く。

千佳も、同じような顔をしていた。

ふらふらの足取りでどうにかホームまで来ると、ちょうど電車が滑り込んでくる。

電車の轟音が響く中、千佳は由美子の服を掴みながら、その場にしゃがみこんだ。

由美子は目を腕で隠し、上を向く。

子供のようにわんわくと泣く声は、電車の音にかき消され、きっとお互いにしか聞こえなかっただろう。

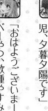

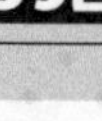

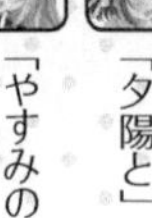

「夕陽と」

「やすみのー」

「コーコーセーラジオー」

「おはようございます、ブルークラウンの問題児、夕暮夕陽です」

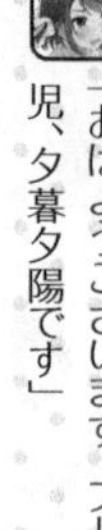

「おはようございまーす、チョコブラウニーのやべーやつ、歌種やすみでーす」

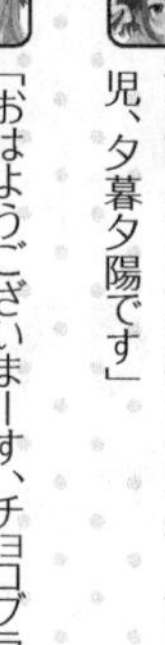

「この番組は、偶然にも同じ高校、同じクラスのやべーやつと問題児が、皆さまに教室の空気をお届けするラジオ番組です」

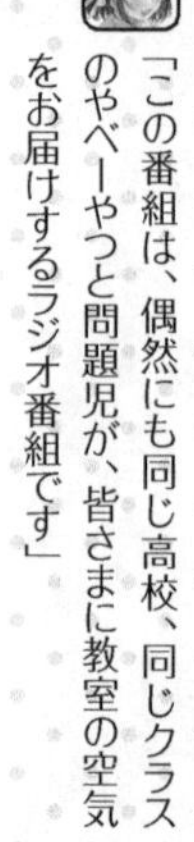

「いや、まぁ、うん」

「はちゃめちゃ怒られたわね」

「ねー、ほんとに。死ぬほど怒られた。この歳であんなに先生に怒られることある？　ってくらい怒られた」

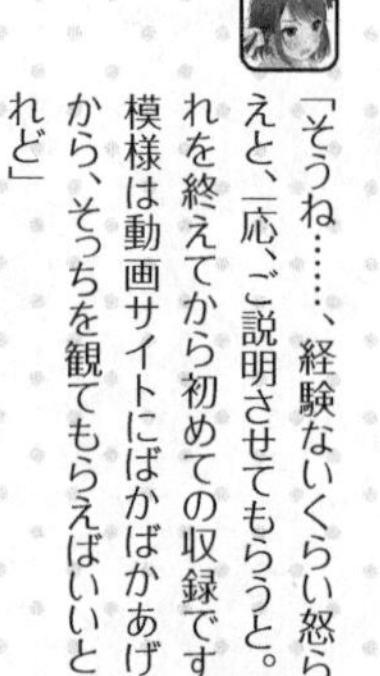

「そうね……、経験ないくらい怒られたわ。ええと、一応、ご説明させてもらうと。例の一件、あれを終えてから初めての収録です。あの日の模様は動画サイトにばかばかあげられているから、そっちを観てもらえばいいと思うのだけれど」

「まぁあれ思い切り盗撮だから、ぱかぱか消されるんだけどね」

「違法動画を盗撮された本人が観てねっていうのも、まぁあれなんだけれど」

「そこは置いといて。あれを観てもらったらわかるとおり、ちょっとした暴動みたいになっててね？　けが人も出ちゃったみたいでね？　ええと……、あの。警察も動いちゃって」

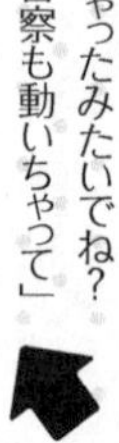

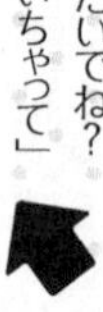

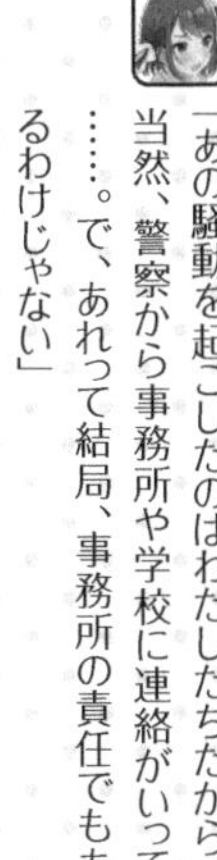

「あの騒動を起こしたのはわたしたちだから、当然、警察から事務所や学校に連絡がいって……。で、あれって結局、事務所の責任でもあるわけじゃない」

「だからもー、マネージャーさんたちと謝り通しで。商店街の人たちや、けがしちゃった人、あと学校。学校で先生にめちゃくちゃ怒られました。マネージャーごと」

「うちのマネージャーなんて、先生に怒られて半泣き通り越して完全に泣いちゃってたわ」

「途中から先生も、ユウのマネージャーを怒ってるみたいになってたしね」

「いや、本当……、お騒がせしました。すみませんでした」

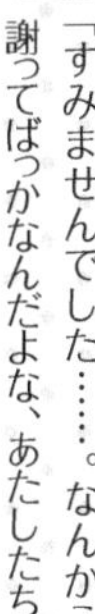

「すみませんでした……。なんかここ最近、謝ってばっかなんだよな、あたしたち……」

「まぁ……、いろいろ大変だったけれど。こうして声優を続けられることになってよかったわ。わたしややすの気持ちはブログにあげさせてもらったけど、あらためて皆さんありがとう」

「ありがとう。その気持ちは文章で伝えさせてもらってるから……、ラジオではあたししか知らない、駅に入ったあとの話をしたいね」

「ちょっと……、それ言うのはダメでしょう。やめなさいよ。……朝加さんも、興味持たないでください」

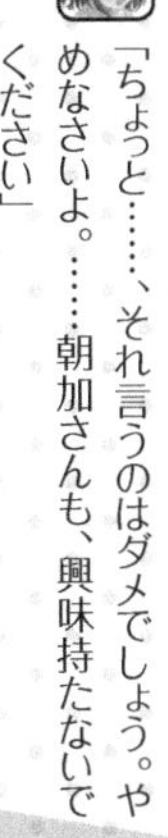

「いやね、あのあとユウとユウのママさんと電車に乗ったんだけど。ママさんがこう言い出したのよ。『いや、あれはもう声を掛けられた判定でしょう？　勝負はわたしの勝ちね』って」

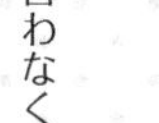
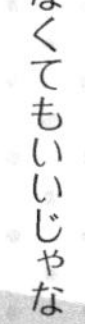

「あぁもう……、言わなくてもいいじゃない」

第33回

「そっからもうユウがブチギレよ。死ぬほど怒ってたよね。めちゃくちゃ良い声で怒鳴ってた」

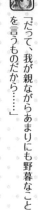

「だって、我が親ながらあまりにも野暮なことを言うものだから……」

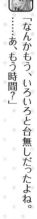

「なんかもう、いろいろと台無しだったよね。……あ、もう時間？」

「あぁ、そっか……。今日は新コーナーがあるから……、ええと。これわたし台本読むわね……、あの、これ、台本だから。台本を読むから。えー、『以前のコーコーセーラジオが好きだった、というリスナーに朗報です！』」

「あの、本当に不快に思ったらすぐにメールください……、番組スタッフ総出で謝るので……。あー、『それでは、早速、新コーナー始めていきましょう！』」

「ゆ……、ユウちゃん！」

「や……。やっちゃんの！」

「コーコーセーラジオ！」

「おはようございます～、夕暮夕陽です。みなさ～ん、お久しぶりです～」

「おはようございます！　歌種やすみです！　みなさん、お久しぶりです！」

「以前のわたしたちに会いたい、というリスナーさんのご要望に応じて、戻ってきましたよ～。このコーナーではやっちゃんユウちゃんとして、前みたいに楽しく！　おしゃべりしていきたいと思います～」

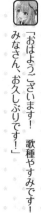

「リスナーさんも驚いてると思うけど、やすみたちもびっくりです！　まさか、またこんなふうに話すことがあると思って

夕陽とやすみのコーコーセーラジオ！

なかったので……」

「そうだよねぇ……、あんなことがあったから、もう二度と出番ないって思ってたよ～……」

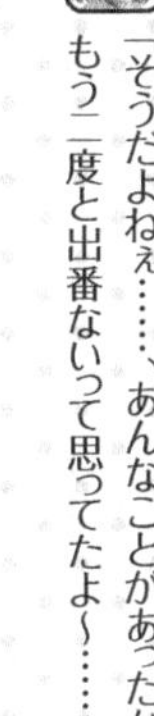

「う、うーん、大丈夫かな？　やすみはすごく不安なんだけど！　これリスナーさんの神経逆なでしてない！？　会いたいって本当にこういうこと！？　また炎上しないよね……？」

「わたしも不安だよ～……。なので、苦情がくればすぐにやめるので、言ってくださいね……？」

「でもね、ユウちゃん。一個だけいーい？」

「うん？　なあに、やっちゃん」

「この話し方、久しぶりなんだけどー……、物凄くしっくり来て、ちょっと落ち着く……」

「！　や、やっちゃんも？　実は、わたしも……！　それに、懐かしくて少し嬉しくなっちゃってぇ……。前はこういうこと、やめたかったはずなんだけど……」

「わかんないもんだねぇ……。ん？　なんです？　あ、今回は何かゲームするみたい！　なになに、どんなゲームやるの？　あ、ユウちゃん、作家さんが説明を――」

to be continued!!!!

あとがき

皆さま、お久しぶりです。二月公です。

こうして無事に二巻を出せたことを大変嬉しく思います。

さて。わたしは普段、通勤時間はたいてい声優さんのラジオを聴いております。

これめちゃくちゃオススメです。

会社ってまぁ行きたくないいじゃないですか。

いつも行きたくないけど、月曜日なんて行きたくなさ過ぎてすごいじゃないですか。

でも、好きな番組があると、「あぁ今日は○○の放送があるから楽しみだな」「今日は○○、■■のコーナーかな。どんな感じだろ」なんて楽しみができて、通勤も憂鬱なものばかりじゃなくなりますね。

毎日、ありがたく聴かせて頂いております。

いや、本当に……、すごく助かってます……。仕事って本当行きたくないんで……。

いつもありがとうございます。

会社や学校に行くのが憂鬱で仕方がない方には、ぜひオススメしたいです。

毎日の楽しみとしてありがたく聴いている声優ラジオですが、こうして作家のお仕事としてもお世話になっているので、本当に頭が上がりません。

この作品の関係でいろんな連絡を頂くたびに、「自分は本当に周りの人に恵まれているなぁ」と実感しております。

イラストを担当してくださっている、さばみぞれさんには今回も大変素敵な、美麗なイラストを描いて頂きました。

本作に登場する、柚日咲（ゆびさき）めくるのキャラデザが届いたときの盛り上がりはとてもすごかったです。

この作品に関わって頂いた方、ご協力を頂いた方、そして読んでくださった方々、本当にありがとうございます。

次巻もどうぞ、よろしくお願いいたします！

◉二月　公著作リスト

「声優ラジオのウラオモテ　#01　夕陽とやすみは隠しきれない？」（電撃文庫）
「声優ラジオのウラオモテ　#02　夕陽とやすみは諦めきれない？」（同）

本書に対するご意見、ご感想をお寄せください。

ファンレターあて先
〒102-8177　東京都千代田区富士見2-13-3
電撃文庫編集部
「二月　公先生」係
「さばみぞれ先生」係

本書は書き下ろしです。

電撃文庫

声優(せいゆう)ラジオのウラオモテ
#02 夕陽(ゆうひ)とやすみは諦(あきら)めきれない？

二月(にがつ) 公(こう)

2020年６月10日　初版発行
2024年３月15日　５版発行

発行者　山下直久
発行　株式会社KADOKAWA
〒102-8177　東京都千代田区富士見2-13-3
0570-002-301（ナビダイヤル）
装丁者　荻窪裕司（META＋MANIERA）
印刷　株式会社KADOKAWA
製本　株式会社KADOKAWA

●お問い合わせ
https://www.kadokawa.co.jp/（「お問い合わせ」へお進みください）
※内容によっては、お答えできない場合があります。
※サポートは日本国内のみとさせていただきます。
※ Japanese text only

※定価はカバーに表示してあります。

ISBN978-4-04-913203-8　C0193　Printed in Japan

電撃文庫　https://dengekibunko.jp/

電撃文庫創刊に際して

文庫は、我が国にとどまらず、世界の書籍の流れのなかで〝小さな巨人〟としての地位を築いてきた。古今東西の名著を、廉価で手に入りやすい形で提供してきたからこそ、人は文庫を自分の師として、また青春の想い出として、語りついできたのである。

その源を、文化的にはドイツのレクラム文庫に求めるにせよ、規模の上でイギリスのペンギンブックスに求めるにせよ、いま文庫は知識人の層の多様化に従って、ますますその意義を大きくしていると言ってよい。

文庫出版の意味するものは、激動の現代のみならず将来にわたって、大きくなることはあっても、小さくなることはないだろう。

「電撃文庫」は、そのように多様化した対象に応え、歴史に耐えうる作品を収録するのはもちろん、新しい世紀を迎えるにあたって、既成の枠をこえる新鮮で強烈なアイ・オープナーたりたい。

その特異さ故に、この存在は、かつて文庫がはじめて出版世界に登場したときと、同じ戸惑いを読書人に与えるかもしれない。

しかし、〈Changing Times,Changing Publishing〉時代は変わって、出版も変わる。時を重ねるなかで、精神の糧として、心の一隅を占めるものとして、次なる文化の担い手の若者たちに確かな評価を得られると信じて、ここに「電撃文庫」を出版する。

1993年6月10日
角川歴彦

電撃文庫DIGEST　6月の新刊

発売日2020年6月10日

俺の妹がこんなに可愛いわけがない⑭　あやせif 下

【著】伏見つかさ　【イラスト】かんざきひろ

高校3年の夏、俺はあやせの告白を受け容れ、恋人同士になった。残り少ない夏休みを、二人で過ごしていく――。『俺の妹』シリーズ人気の新垣あやせifルート、堂々完結!

俺を好きなのはお前だけかよ⑭

【著】駱駝　【イラスト】ブリキ

今日は二学期終業式。俺、如月雨露ことジョーロは、サザンカ、パンジー、ひまわり、コスモスの4人の少女が待つ場所にこの後向かう。約束を果たすため、自分の本当の気持ちを伝えるため。たとえどんな結果になろうとも。

幼なじみが絶対に負けないラブコメ4

【著】二丸修一　【イラスト】しぐれうい

骨折した俺の看病のため、白草が泊まり込みでお世話にやってくる!?　家で初恋の美少女と一晩中二人っきりに……と思ったら、黒羽に真理愛に白草家のメイドまでやってきて、三つ巴のヒロインレースも激しさを増す第4巻!

とある魔術の禁書目録（インデックス）外典書庫①

【著】鎌池和馬　【イラスト】はいむらきよたか

鎌池和馬デビュー15周年を記念して、超貴重な特典小説を電撃文庫化。第1弾では魔術サイドにスポットを当て『神裂火織編』『「必要悪の教会」特別編入試験編』『ロード・トゥ・エンデュミオン』を収録!

声優ラジオのウラオモテ　#02 夕陽とやすみは諦めきれない?

【著】二月 公　【イラスト】さばみぞれ

「裏営業スキャンダル」が一応の収束を迎えほっとしたのも束の間、由美子と千佳を追いかけてくる不躾な視線やシャッター音。再スタートに向けて問題が山積みの中、《新・ウラオモテ声優》も登場で波乱の予感!?

錆喰いビスコ6　奇跡のファイナルカット

【著】瘤久保慎司　【イラスト】赤岸K
【世界観イラスト】mocha

『特番!　黒革フィルム新作発表　緊急記者会見!!』復活した邪悪の県知事・黒革によって圧政下におかれた忌浜。そんな中、記者会見で黒革が発表したのは"主演:赤星ビスコ"の新作映画の撮影開始で――!?

マッド・バレット・アンダーグラウンドⅣ

【著】野宮 有　【イラスト】マシマサキ

ハイルの策略により、数多の銀使いとギャングから命を狙われることになったラルフとリザ。しかし、幾度の困難を乗り越えてきた彼らがもう迷うことはない。悲劇の少女娼婦シエナを救うため、最後の戦いが幕を開く。

昔勇者で今は骨5　東国月光堕天仙骨無幻抜刀

【著】佐伯庸介　【イラスト】白狼

気づいたら、はるか東国にぶっ飛ばされて――はぐれた仲間たちと集まった先にいたのは、かつての師匠!　魔王軍との和平のために、ここで最後のご奉公!?　骨になっても心は勇者な異世界ファンタジー第5弾!!

手水鉢直樹
Author ◇ Chouzubachi Naoki
イラスト
あるみっく
Illustration ◇ ALmic

魔力を統べる、破壊の王と全能少女

The King of Destroyer and The Almighty Girl Govern Magical Power

～魔術を扱えないハズレ特性の俺は無刀流で無双する～

無能の烙印を押された魔術師が、
ハズレ特性(スキル)を駆使して無双する！

人生で一度も魔術を使用したことがない
学園の落ちこぼれ、天神円四郎。
彼は何でも破壊する特異体質を研究対象に差し出すことで退学を免れていた。
そんなある日、あらゆる魔術を扱える少女が空から降ってきて——？

電撃文庫